U0141836

一分鐘教你人肉搜索

rusuban
x
toweimy

吐維著

作者序

很高興這本書能夠在台灣出版。先前應中國那裡的工作室INK之邀，出了簡體版本，整個出版經驗也很愉快，一起想著有什麼推理的要素可以放入書中，沒有什麼比一群臭皮匠聚在一起苦思推理更有趣的事了。

當初創作這篇短篇推理的緣由，是源自於對「本土」這個概念的疑惑。

台灣是個對翻譯作品過於友善、對原創的作品卻令人不解地嚴苛尖酸近乎惡意的一個國家，在這樣的閱讀環境下，所謂「本土原創」常常必須打著微妙的旗幟和賣點，例如原住民題材、歷史題材，或是刻意地加入一些台灣元素。如果在台灣作品裡混入日本動漫元素，例如人名取得像日本人、梗用日本漫畫梗，常常就會被歸類為「仿作」、「畫虎不成反類犬」。

這讓當時的我很疑惑。年輕一輩的族群我不清楚，但以一個七年級前段班的作者而言，日本動漫、好萊塢電影、韓劇明星、港漫毋寧是我們這個世代共同的回憶，比起阿美族的傳統故事，灌籃高手更加深植人心。比起國民政府何時播遷來台，我更關心馬蓋先的髮線今天是否又更後退了一點。

那時候我才隱約領略到，所謂「本土」，更明確地說，所謂「台灣的小說」，並不是刻意地去使用大量「台灣才有的元素」、「具有台灣特色的東西」，甚至「大眾認知下的台灣味」。

重點在於我自己，在於我們，在於你和我這些在這片土地上土生土長的人們，我在這片土地上生活了三十多年，我每天起床看見的景色、我等待的長秒數紅綠燈、我購買早餐的店家、我搭的公車、我在公車上碰見的搶位歐巴桑、我熟識的文具店老闆娘、我家前面永遠在施工的鐵皮屋、我家隔壁小孩比鬧鐘還準的吵雜聲、我下班路上抬頭看見的夕陽……這些東西對我而言，才是本土，才是我的「台灣」。

那時候我才恍然明白何謂「本土」。我雙目所及的一切，就是本土。

也因此每個人的「本土」都不相同，但正因為每個人切身所見的、對於這個國家的感受都不同，「本土」創作才因而有趣，也才有持續下去的價值。

這部《一分鐘》大量使用了現實中存在的捷運、店鋪、地圖等等實際存在於現實空間，或是說作者生活周遭的元素。而這部是民國99年間的創作，經過這麼多年，許多地名和站名早已變遷，編輯也曾問過我是否要做適當修正，讓它符合當前實際的情境。但我思考良久，仍然決定維持當時的樣子。

不為什麼，因為那些東西是當時的我眼睛看見、耳朵聽見、身體感受到的、現時現地的「本土」景色，而我希望保留那當下所見的景色。

比較年輕的朋友或比較晚才認識捷運的讀者，可能會對部分描述感到疑惑，認為和現實狀況似乎不符。我也很感謝工作室的編輯貼心地加上了各種註解，讓處於各種不同「本土」經驗下的讀者能更快進入狀況。

那麼現在，請靜靜品嚐吧，屬於我的「本土」作品。

吐維

一分鐘教你人肉搜索

會開始注意那個人的部落格，是因為室友Q的關係。

我的室友Q是個非常喜歡思考的人，做什麼事情，哪怕是日常生活的小事都好，Q都可以用縝密的邏輯加以推理。

例如把筷子伸出去挾菜時，Q會思考往右還是往左比較有利於迅速挾到想要的菜。

例如帶他那隻臘腸狗出去遛時，Q會先上網查詢家附近的地理環境，以規劃出一條對狗最有運動效果、又不會妨礙到住居安寧的路線。又例如我帶女朋友回我們合租的屋子前，Q會慎重地檢討房間的擺設，並設計出最容易讓女孩子產生浪漫情懷的空間。

有時候我覺得Q這樣活著有點累，這大概也是Q活了二十二年交不到女友的原因之一，但Q先生總是樂此不疲。

但Q最近，把全副精力都放在思考一件事情上，就是那個部落格。

那並不是個多熱門的部落格，一開始只是他想找捷運附近適合聚餐的店家，於是就在Google上打了「捷運、聚餐、熱門店家」幾個關鍵字。

但估狗就是這種個性，永遠都會找一些八竿子打不著關係的垃圾資訊給你。

因為那個網誌裡剛好有一句話是：「有時和同學聚餐時聊起往事，以前系上熱門的科目、學校附近的店家等等，都會有種恍若隔世的感覺。上次我坐捷運……」於是我就用Q先生的電腦不慎點了進去。

那真的是一個很冷清的部落格，扣掉作者，每篇文章大概只有十五、六個人點閱。內容也很平凡，就是關於一個人的戀愛故事。

部落格的主人似乎交了個男朋友，她和那個男友交往了三年，這位小姐就把和男友相處的點點滴滴，以一天一篇的方式，全數寫成網誌放到網路上。

網誌主大概覺得這種私人部落格不會有人看，就算不小心點到也不會多留，所以連和男友的一些私密情事也都寫了上去，包括滾床單的經過。

但事實證明網路無遠弗屆，而且無所事事的瀏覽者居多，像我和Q先生就是一個。

真正讓我對部落格感興趣的倒不是炒飯過程，而是部落格主人記述事情的風格。這個作者非常神奇，他可以用分點分項的方式記錄任何事情。

例如某年某月某日，作者寫到和男友兩個人上街買衣服。一開始是日期，然後作者下了標題：「和Tony上街購物」而後下面就開始條列：

一、今天天氣很好，出大太陽。

二、Tony今天穿了件貼身的襯衫，還戴了太陽眼鏡，非常帥氣。

三、Tony陪我去海邊，天空好乾淨，一片雲也沒有。

四、中午在附近的蛋包飯連鎖店隨便吃，兩人總共付了新台幣985元。

五、Tony在牆邊偷吻我，我很害羞。

六、九點的時候Tony送我到家門口，他一路目送我上樓梯。

七、Tony忽然出現在門口，我嚇了一跳。

八、Tony他……

諸如此類的寫作方式，我看得是嘖嘖稱奇，特別是這種條列式的寫作，遇上炒飯的情節時，就會變得很微妙。

一、Tony洗了澡，邊擦著頭髮邊走出浴室。

二、Tony站在床邊：⑴脫了上衣⑵脫下褲子⑶脫下了內褲⑷用腳將它們全都踢到一邊去。

三、Tony跨上了我的床，在我的床上：⑴壓到我身上⑵低頭親吻我的唇⑶用唇掃過我的脖子⑷把唇停在我的胸口⑸咬住我的乳頭。

四、我呻吟了一聲。

五、Tony把手伸到我的大腿間：⑴扯下我的裡褲⑵撫摸我的大腿內側⑶往我的體內探索……

我看得固然津津有味，Q先生則比我表現出更大的興趣，他每天都會固定坐在電腦前，平常他是不太上網的人，但為了追蹤那個人的網誌，Q現在晚上都會準時開電腦。

這讓我十分稀奇，Q平常就算對什麼東西表現出特別熱衷，等他研究完了、思考通了之後，這樣東西馬上就會被他丟一邊去。

像這樣長期地專注於一件事物，從我認識Q以來還是第一次，不知道這個部落格有什麼令他思考不透的事，我還真想問他。

部落格上的日記持續了很久，這個格主和Tony還真是打得火熱，每天都可以列出幾十條項，讓不缺女友的我也羨慕起Tony有一個如此熱情的女朋友。

但有一天，那個部落格的記事忽然變了。

那是某月的某日，我和Q一起守在電腦前，看著部落格上貼出簡單到可以說是驚悚的訊息。

20XX年10月X日

我，失戀了。

而接下來幾天，部落格的主人仍然繼續更新，但記事風格忽然變了，以那篇失戀宣言開始，開始出現這樣的文章：

失戀第一天，為自己泡了一杯咖啡，坐在窗前看著雨景。

而且還不只一天，接下來數日都是如此。

失戀第二天，在便利商店買了三個便當，窩在房間裡當三餐吃。

失戀第三天，對岸的號誌燈，宛如流血的單眸。

失戀第四天，試著在人行道未乾的水泥上留下自己的足跡。

失戀第五天，鄰居養了十五年的狗死了，在窗口掛一副風鈴為他哀悼。

這樣的失戀記事持續了一段時間，我看了大約一禮拜，就失去興趣了。主要是這些記事都短短的，不如之前分點分項的日記那麼有趣。我把我的電腦拋到一邊，和我的新女友關門胡混，過幾天就忘記這件事情了。

但令我驚訝的是我的室友Q，他並沒有放棄那個部落格，反而更熱衷了。每次下課回家，Q就像是急著撇條的狗一樣，放下包包就衝進房間裡，打開電腦看更新。

我本來以為部落格主有什麼特別的文章，還特地打開電腦又窺探了一下，但是沒有，仍是那些索然無味的短語。不過就是個失戀女人無聊的呻吟罷了，我不懂為何Q如此感興趣，大概和他沒有談過戀愛有關吧，我只好這麼想。

但過了一陣子，我在房間裡念書，卻看見Q從他房裡跑出來，在起居室裡打轉。

「太奇怪了，這真是太奇怪了……」

Q邊打轉邊說著，我們住的是Share House，但其他室友都因各種不同的原因搬離這裡，所以這兒等於是我和Q先生的城池一樣。

「什麼東西奇怪？」

我問他，想說他是不是開始思考為何黏鼠膠可以黏住蟑螂之類。

「太奇怪了，這件事整個都很奇怪……」

Q一邊說，一邊掉頭又衝回電腦前，彎身動著滑鼠。我感到好奇，跟在他身後進了他的房間，卻見他螢幕上仍是那個部落格。

我看著Q先生滾過滑鼠，那個部落格仍然持續揭載著，格式還是一樣，而且不知不覺間，竟然已經更新到一百四十幾篇。

失戀第一百四十五天，鑰匙不小心掉進馬桶，眼睜睜看著他被沖走。

失戀第一百四十六天，窗台的鈴蘭枯萎了，在公園替他做了個墳。

失戀第一百四十七天，常去的咖啡館倒了。

我快速瀏覽著，這些記事確實是千篇一律，但我多少可以讀得出來，每一則記事背後，都隱藏著部落格主人深沉的寂寞與哀傷。雖說是生活中的瑣事，作者記錄的卻不脫那幾個意象：遺失、消滅、拋棄、衰老、死亡……大抵是這一類的資訊。

我大概可以理解部落格主人的想法，但這種記事法說透了也就平凡無奇，我在大學裡修的文學展演和剖析，教得都比這個深。我還是不懂Q為何如此興致盎然。

「你不覺得奇怪嗎？」Q先生持續著他的提問，我謹慎地看著他。

「哪裡奇怪？」

「從失戀那一篇開始，到現在已經一百四十幾天了。」

Q先生搔著額髮，在床邊坐了下來。其實平心而論，Q的外表倒真算得上是個優質帥哥，如果我喜歡的是男人的話，搞不好會跟他日久生情也說不一定。

「一百四十幾天就一百四十幾天，有什麼好奇怪的？」我問。

「就是這點奇怪啊！就算是罐裝可樂，保存期限也只有一百五十天。」

「我不認為這件事和罐裝可樂的保存期限有邏輯上的關聯性。」

「我的意思是，這時間實在是太長了。」

Q嘆了口氣，用手揉了揉太陽穴。我感覺這個疑惑一定困擾了他很多天，因為他眼楮下都是黑眼圈。

「不過就是失戀而已不是嗎？照理說，像這樣一個理性到可以把交往的經過逐條記錄的人，應該一禮拜就想開了，持續這麼久，還處在失戀的情緒裡，這一點道理也沒有。」

我怔了怔。「這很難說，每個人失戀的復甦期不同。」這倒是經驗談。

「但是一百四十幾天也不合理啊，這麼長的時間，都可以環遊世界一圈了，美少女夢工廠五的女兒也可以養上十個了。」

Q又摀住了臉。「不合理，這完全不合理。為什麼她要傷心那麼久？」

我實在不懂Q的邏輯回路，他從床上跳起來，在房間裡走來走去，以往我自詡腦子還不錯，雖然Q先生經常不可理喻，但對於他打轉的點，我多少都可以理解一二。但只有這一次，我實在不明白他為什麼對這個部落格主人如此執著。

「我決定了。」

Q忽然停下腳步，在房間中央站直了身。

「決定什麼？」

「我要找出這個部落格作者來。」Q先生語出驚人，他坐回電腦前，把部落格的視窗開到全螢幕，「我要找出她來，然後弄清楚她為什麼會難過這麼久。」

我有些吃驚。「找出她來？怎麼找？」

Q回頭看了我一眼，唇角露出神祕的微笑。

「很多方法，常上網的人在網路上遺留的資訊，比想像中還要多，何況這個部落格寫了整整三年，幾千篇的資訊，再加上一點簡單的推理，找出這個人的真實身分並不難。」

我學著Q坐在他的床上，交扣著十指。

「你別亂來啊，到時候人家女生認為你是跟蹤狂怎麼辦？」應該說已經是了。

「等等，這就是我們要推理的第一項。」

Q似乎也來了興致，他用滑鼠滾著螢幕，我們之間常用這種遊戲打發時間，事實上他這種喜歡亂思考的性格，搞不好我要負一半責任。

過去我經常拿一些像是數獨或是邏輯小遊戲的東西慫恿他玩，或是找本推理小說，我們各自看過前面後，說出自己的分析，最後再比賽誰的推理最接近真正的結局。無聊的冬夜裡，我們還會互玩海龜湯*渡過漫漫長夜。

「為什麼你認為他是女人？」Q提了第一個問題。

「咦？因為她有男朋友不是嗎？」

Q看了我一眼。「這真不像你會說的話耶，有男朋友就一定是女性嗎？」

我怔了怔，隨即明白Q的意思，不禁張大了嘴巴。

「你的意思是……她……『他』和我一樣，是同性戀？」

Q點點頭。

「部落格的文章全是以第一人稱描述，站在作者的角度記述，通常會產生一個很大的盲點，那就是我們無法看見作者本身的真貌。第一人稱文章中的『我』，往往是整篇文章最大的謎面。」

海龜湯：情境猜謎（Situation puzzle），又譯情境推理遊戲，俗稱海龜湯。由出題人提出事件結果，俗稱「湯面」；猜謎人發問，出題人僅能以「是」或「否」回答，直到猜謎人推理出事件過程，即為「喝到湯底」。

我明白他的意思，在某些推理作品裡，會利用這樣的盲點，設計成敘述性詭計。Q又繼續說。

「就像如果你把自己的事情寫成日記，很多讀者看見你寫什麼『每天和女友打得火熱』、『我女友今天超正』之類的描述，多半就會不假思索地把你歸類為男性。這是典型的異性戀思路模組，再加上你的個性，也容易讓你的記事變得比較陽性。」

這倒是真的，我想我潛意識裡一直希望自己成為男人，所以講話也好、行為舉止也好，多少都有點男孩子氣。就算實際上沒有，因為我潛在的慾望，我在寫成記錄時，也會不由自主地將我的形象塑造為偏向男性。

不過我不會把和女友打得火熱這種事放上網，我女友很害羞的，我先聲明。

「所以他是……男的？你有什麼證據？」我問

「嗯，證據是有一些，不過最多的是直覺，」

Q舉起一隻手指，「比如說，部落格裡雖然常說兩人一起出去玩，但是卻很少提到像百貨公司、逛街之類的活動，雖然不排除也有不愛打扮也能交到男朋友的異性戀女人，但我認為他們的活動總體來講比較偏陽性。」

「嗯，說的也是。」

我看著網路上滾動的捲軸。

「裡面還有一則，我印象還滿深刻的，說到兩個人去看電影，坐在最後一排，所以差點被牆上掉下來的什麼東西砸到。那部電影是3D的，那天又不是假日，電影院沒有滿席，為什麼要特意選最後一排，我當時就覺得很怪。」

「現在想起來，應該是害怕兩個男人在電影院做出親密舉止引人側目，所以才選最後一排坐吧？而且他們一定習慣坐最後一排，只是因為這次是坐最後一排才會發生的事故，『坐最後一排』這個資訊，才從被掩埋的習慣中浮現出來。」

「不錯，給你八分。」Q邊聽邊說。

「才八分，滿分幾分？」我笑著抗議。

「滿分六十分。除此之外，每次作者遇到性愛場景，雖然前戲什麼的都鉅細靡遺，分點分項寫得像申論題一樣，但是遇到關鍵性步驟卻反而含糊跳過。」

Q先生說：「我本來猜他是不是害羞，但總覺得這個推斷有違和感，要是這麼容易害羞的話，根本不會把這些事放上網。後來仔細去讀，才發現他潛意識裡，說不定對於男性與男性的性交有根本上的排拒，所以才避免提及任何關於男性性器官的描述。」

「十五分。」

「滿分幾分？」

「滿分八十分。所以他是被自己的同性伴侶甩了？還是他甩了他男朋友？」

「這點還不知道，感覺他是個非常理性的人，這也是我覺得他是男人的原因之一。」

「這是性別歧見吧，剛剛才說我有異性戀迷思的。」我不滿地嘟著嘴說。

「男人跟女人的思維方式本來就不一樣，這是有腦科學研究證明的，只是我沒說有優劣的分別，理性思維未必就比較優秀，有時候反而容易被邏輯和成見所囿，女人的腦創造性和彈性都很高，這點從你身上就看得出來。」

「承蒙厚愛。」

「哪裡哪裡。」

「那麼，要怎麼找出他的真實身分來？」我問。這一下我倒真的來了興致，前一陣子PTT還是其他網際網路上流行所謂「人肉搜索」，不過那是倚靠多數人的力量，畢竟人活過必留下痕跡，根據六道分離理論，要連線到某個人身上並不困難。

但是只靠一個部落格，只靠我和Q兩個宅男宅女，那就很有挑戰性。

順帶一提，Q真的是生理男性，這裡並沒有任何詭計。

「這個部落格寫了整整三年，文章加起來共又一千兩百四十三篇……」

「一千兩百四十四篇了，他剛剛又PO了一篇。」Q看著螢幕說。

我忙湊過去看，果然部落格上又多了篇標著「New」的文章。

失戀第一百四十九天，捷運跑了，我追不上。

「看起來他應該是個上班族？」

我首先發難。Q點了點頭，

「不管是不是上班族，至少最明顯的，是他應該是個倚賴大眾運輸工具的通勤族。」

「嗯，部落格裡滿布著大眾運輸工具，捷運是最常出現的，然後也有公車。但是計程車、摩托車或男友便車之類的東西卻一篇也沒看見。」我思索著說。

「這也可以推斷出他住的地點。」Q忽然說。

「啊，捷運是嗎？不是台北就是高雄？」我擊掌。

台灣的Subway有個別出心裁的名字，叫作「捷運」。我是不知道這個名字是否獨步全球，只是自己說自己很快的交通工具，這在世界各地都很少見就是了。

「沒錯，高雄捷運通車在2008年的3月，但高雄捷運一卡通的啟用，是在2010年的4月，但你看這裡的記事，作者在2009年5月有一則寫著：『七、悠遊卡掉了，還好有人撿到站務室。』表示他在高捷啟用悠遊卡前，就利用這種卡片通勤了。」

「所以他是台北人，或至少長期居住在台北。」我點頭。

「對，再來，為什麼他只用大眾運輸工具卻不使用任何私人交通工具呢？」

「應該是因為他沒有？」我問。

「為什麼會沒有？男人到二十幾歲還沒有自己的交通工具並不常見耶。」

「你又知道他二十幾歲了？」

「這邊，20XX年6月的記事，說到Tony陪他去郵局辦國民年金自動轉帳。」

台灣的國民一到二十五歲，在沒有其他社會保險的狀況下，就會被政府強制勒索國民年金，到了六十歲再像領保險金那樣領回來。不過很多人寧可不繳就是了。

「啊，國民年金，二十五歲……」我恍然大悟，「但也有可能是過了一陣子才去辦自動轉帳不是嗎？所以他也有可能已經離二十五歲很遠了。」

「嗯，這也有可能，可是我覺得這個作者不太喜歡出門的樣子，除了必要的上班或上課之類的，他不是喜歡到外頭和人交際的角色。所以應該無法忍受好幾年每次都得外出繳費這種事，所以我想他應該是一有這種需求就去辦了。」

「二十五歲以上的男人，不喜歡出門，然後愛搭大眾運輸工具嗎……」我感覺腦海裡的形象逐漸形塑、鮮明起來。

「然後回到之前的問題，為什麼他這麼愛搭大眾運輸工具？」

「不開車我可以理解，因為二十五歲的確不太買得起車，但摩托車也沒有，的確是有一點罕見……啊，會不會是他覺得男友有車了，沒必要再買摩托車？」

記事裡經常會有：Tony開車來找我、Tony一個人開車去公司，所以可以簡單地判斷他的男友是有車的。

「但是這樣的話，他應該會讓Tony經常載他才對，他連去和Tony約會，都是自己搭捷運去的，這對沒有車而伴侶有車的人而言實在很不尋常。」

我沉默下來，這的確是。

「我猜……這只是猜測，從他對性愛的描述裡，盡可能避免對男性性器官的描述看來，日常生活也同樣如此，他很不喜歡意識到他的伴侶是男人這件事。其實由男性掌握方向盤，或是摩托車車頭，這在社會上是一種潛在的權力象徵。」

「啊啊，拜託不要再跟我繞那套權力關係理論，我頭會痛。」我揮了揮手。

Q笑了起來。

「你必需承認這對推斷某些人的心理很有幫助，我想他一定很不喜歡被載，被載會讓他覺得自己不像個男人，或是強烈意識到對方是男人，兩樣都不是作者樂見的。」

我攤了攤手。「就當是這樣好了，那他為什麼自己不買摩托車？」

「這個嘛，有幾種可能，我們一個一個窮舉然後再刪去好了。」

推理說穿了就是一種窮舉的功夫，這點還是我教給Q的。窮舉聽起來簡單，但其實是整個推理過程中最困難的程序，因為世事複雜，同樣一個結果，導致這個結果的原因卻可能千奇百怪。

比如一顆放在廚房裡的蘋果，有一天忽然不見了。

你光是坐著乾想，就能想出至少三種原因：一、被室友吃掉了，二、被你自己丟掉卻忘記了。三、被人撞倒之後滾到櫥櫃下了。但你會發現永遠有第四種原因，而那往往就是正確答案：四、被偶然來訪的阿姨當作哄小朋友的玩具拿走了。

有一些窮舉的條項簡單地就能被刪除，例如上例的三，你只需彎下腰看看櫥櫃底下，就能知道你的推理正不正確。但有些卻很難被排除，例如上例的二，關於記憶的推論永遠是最難驗證的。有些則需要一定的調查，例如上例的一。

「第一種可能，他買不起摩托車。」Q舉起第一根手指。

「可是他買得起小單眼相機，」我指著某一天的記事，「Sony Nex5配單眼變焦鏡頭耶！那一支至少要23K以上，那篇記事的日期還是在月底。」

「這很難說，每個人用錢的價值觀不同，有人寧可把薪水拿去買模型，也不願意挪一毛出來打理一下自己的頭髮。」

「你在說我嗎？我的頭髮好得很好嗎？」我抓了抓自己像被狗啃的短髮。

「總之你的例子不能當作刪去這個窮舉條項的理由，記事裡有更好的線索。」

我實在不願認輸，只好擰著眉思索，Q大概是看我想得太認真，就笑起來。

「也不是什麼太難的線索，這裡，20XX年的8月有則記事，他替一個女性朋友出了去加拿大的機票錢，為了協助她逃離家裡，結果被Tony知道，Tony就吃醋了。」

「可是這也有可能像你說的，價值觀不同啊？」

Q搖了搖頭。

「這件事和前面你說的單眼相機不同，購買摩托車和購買相機一樣，都是可以長期計畫、儲蓄的，只要作者心裡覺得對相機的需求比機車迫切，他就會先存錢買相機。」

「但是這則記事不同，女同學逃家事出突然，不可能讓作者慢慢存，也就是說，這是個隨時可以拿出四五萬存款的男人。」

「好吧，所以結論一樣，他並不是買不起機車。還有什麼可能？」

「第二個可能，他不想騎機車。」Q舉起了第二根手指。

「為什麼不想騎？啊，覺得騎機車不舒服，或是……危險？」

我想起我有個女性同學，因為她媽媽看了太多報紙上的機車車禍，所以嚴禁她在台北騎機車。因為機車出了一次事，從此嚇得不敢再騎的人也所在多有。

「我想應該不是，因為長期搭乘大眾運輸工具，他多少也覺得有點不便，所以像20XX年1月、20XX年2月這裡都各有一則抱怨。」

Q又指著螢幕。

「你看，這裡寫著：『五、公車誤點所以遲到了，要是開車就不會這樣了。』還有這裡：『二、路上大塞車！要是騎摩托車多好，就可以鑽車陣的間隙走。』」

「嗯，怎麼看都不像是對機車有陰影的人。」我點頭。

「這麼一來，就只剩下一種可能：他無法騎機車。」

「無法騎機車？」我一怔。

「不只機車，顯然他好像也很渴望開車，雖然渴望，也有那個錢，卻遲遲沒有去買車和開車，那麼怎麼想都只有這種可能。」

「可是無法騎機車是什麼意思？他路考沒過嗎？」

我想起那個慘無人道的七秒十五公尺直線前進，據說很多人死在這一關。

「不是這個意思，機車路考再怎麼難，以台灣的水準最多兩三次就可以熬過。」

「啊，難道是這樣……」我的腦子裡靈光一閃，幾乎要從床邊跳起來。

「你該不會要說，他身有殘疾吧？」

我的腦子對於作者的形象又重新排列組合起來，我想像一個男人，二十五、六歲，足不出戶，有點小財產，然後坐著輪椅，對著雨景，在窗前照顧鈴蘭花的景象。

「不是你想像的那樣，」Q好像可以具現出我的想像似地，忙說：「你看這裡，他還和Tony一起去淡水騎腳踏車呢！而且腳不方便的人，每天搭大眾運輸工具通勤，捷運也就罷了，公車那簡直就是酷刑，我想他應該至少是四肢健全的人。」

我真的怔住了。

「那他殘疾在哪裡？啞巴？聾子？啊……眼睛嗎？你是指眼睛嗎？」

我站了起來，「難道說他瞎了，不，是弱視？」

「我不認為弱視的人會若無其事地坐在電影院最後一排。」

「那到底是怎樣？」我困惑地皺起眉頭，在房間裡踱步，半晌才漸漸抬起頭。

「啊，啊啊！我知道了，Q！我知道你的意思了。你想說他是色盲對嗎？全色盲？啊，紅綠色盲就不能考駕照了。」

Q點了點頭。

「對，我是這樣想的，而且我覺得他應該是全色盲，因為全部落格一千二百四十四篇記事裡，沒有一篇有提及顏色。」

我呆住了，忙搶到電腦前，快速瀏覽了一次所有的記事。大概是因為分條項記述的關係，感性的氛圍本來就少，我發現他即使描寫天空，也只說「天空很乾淨」、「天空裡一片雲」也沒有，而從沒說過「天空好藍」之類的話。

我腦海裡的作者圖譜再一次重繪：男人、二十五歲，足不出戶，他的眼睛看出去，只有黑色與白色，他活在非黑即白的世界裡。

「啊，這麼說來，我記得20XX年有一則記事……」我飛快地滾著捲軸，「好像是12月的，有了，『十二、Tony找我去看朋友的畫展，我拒絕了。』他沒有說明任何拒絕的理由，我當時就覺得很怪。現在想想，他如果去看畫展一定很尷尬。」

「對啊，要是Tony的朋友要他評論什麼那就糟了。」

Q似乎有點憂鬱，但我不知道他憂鬱的原因。

「知道作者是色盲之後，就可以刪去不少他可能從事的行業，而且說真的，全色盲在世界上人數非常非常少，且常伴隨著其他眼疾，他們的視力經常也不是很好，你知道有哪些行業是全色盲無法或禁止被從事的嗎？」

「唔，警察？」我想到前陣子的新聞。

「嗯嗯，除此之外還有很多，像是醫生、醫院相關工作，多數需要駕駛的行業、美術和設計相關類科，還有化工業和電信電氣業等等，以大學的分類來說，幾乎二、三類的行業都會被封鎖，多數色盲只能從事文史、商科或是法律類的工作。」

「沒想到有這麼多。」我感慨地說：「就算這樣，一類科的工作範圍還是很廣吧，怎麼判斷他確切是什麼職業？」

「嗯，我研究了這個部落格很久，發現有一段記事非常值得玩味。」

Q把捲軸拉到最下方，那是20XX年4月的文章，他指著日期說：「我發現作者雖然很勤奮在寫日記，但在這一千多篇文章裡，20XX年4月到20XX年6月這三個月間，更新的內容明顯單薄很多。」

「會不會是倦怠期？」我問，指著畫面說：「經常會這樣吧？比如學鋼琴之類的也是，一開始很熱衷，發誓每天要練個五小時，但有一段時間會忽然都不想彈了，甚至想要放棄。持續性的東西本來就很容易發生這種事。」

「這也有可能，但我覺得不會發生在他身上。」

Q一邊說，一邊翻閱著20XX年的記事。

「如果是倦怠的話，那應該是生活上實際發生很多事，但作者卻懶得寫，或草草帶過這樣。但這段時間的記事，給我的感覺是雖然作者想寫，但卻沒發生事情讓他寫。」

我看了一眼Q指的地方，的確那一整個月的記事都很無趣，像是4月30日寫著：「一、早上接到Tony的電話，和我道早安，叫我要加油。」而後竟然就沒了，而5月7日的日誌則寫著：「一、今天一整天都沒見到Tony，很寂寞。」也是一樣一項就終了。

有天的日誌上更乾脆地這樣寫：「一、今天什麼也沒有，茫然。」

我忽然想到，這個部落格可以說是圍繞著作者和Tony之間的關係寫成的，也因此就算作者本人發生了什麼大事，只要和Tony之間什麼變化也沒有，那作者就不會寫出來，我們讀者也不會知道。我驚覺到這個閱讀困境。

「所以你覺得是某種原因，讓他整整三個月和Tony沒什麼交集？」我問Q。

「嗯，我們來拉出一個確切的日期吧，這類短促的記事從20XX年4月20日開始，一直到20XX年的6月22日為止，6月23日的記事明顯和前一天不同，感覺連作者的心情都丕變，你看。」

我讀了一下6月23日的記事，那個男人像是要慶祝什麼一樣，記事上寫著：「『一、和Tony去爬了久違的山。二、枝繁葉茂，鳥語花香，有種再世為人的感覺。三、晚上Tony在山腰上訂了餐廳，一起去用餐。四、和Tony在車上接吻了』……」

這個男人的日記很少顯露自己的情緒，這種分點分項的寫法，的確也比較難表現出作者的想法和感情，但就只有這篇，我明顯感覺得到他那種如釋重負的爽快感。

「然後你再配合這裡，這是20XX年4月12日的記事第一項：打電話給Tony，報告好消息。還有同年6月4日記事的第一項：『今天是第一天，Tony送我過去。』」

「來，你把這三個日期，20XX年6月22日、20XX年4月12日、以及20XX年6月4日輸入估狗試試看。」

我實在太過好奇了，馬上坐到電腦前，用估狗的關鍵字搜尋系統鍵入了三個日期，估狗照例給了我一大堆垃圾資訊，但我很快抓到我要的條項。

「中華郵政97年招考……考試日期6月20日到6月22日，榜示日期是隔年的4月12日，受訓日期則是同年6月4日……是這個嗎？Q，是這個沒錯吧？」

我興奮得難以自已，這種「猜中了」、「恰恰好」的感覺，正是解謎遊戲最令人無法自拔的地方。雖然這某些方面也顯示出人性惡劣之處，那種窺視到他人不欲人知資訊的快感，同樣也是解謎容易上癮的原因之一。

同時我也有種恐懼感，沒想到儘管作者盡力避免任何與個資相關的關鍵字，但僅僅是文章發表的日期，就能夠連結到如此私密的細節。

「我想應該相去不遠，這個人參加過郵局招考，考上了公務員，而且也去受訓了，我想沒有意外的話，他也不會隨便更換職業，因為是鐵飯碗嘛。」

「啊，所以他才經常遇到塞車。」我想起大量關於車況的描述。

「嗯，公務員上下班時間固定，而且容易遇到巔峰時段。」

Q點了點頭，「這也可以解釋他為什麼沒有私人交通工具也能順利工作的原因，如果是跑業務相關的工作，沒有車幾乎寸步難行，但公家單位的話就比較沒差。」

「然後呢，所以他在郵局工作……啊，而且是台北的郵局。」我怔了怔，沒想到一下子範圍縮小這麼多，「那是哪一間郵局？該不會連這個都推測得出來吧？」

「我餓了。」

Q先生忽然沒頭沒腦地說，我怔了一下，抬頭看了眼時鐘，才發現不知不覺已經是晚上七點了。Q是那種肚子一餓就會思路停擺的人，比手機的電池還要準確。

我們決定中場休息一下，Q非常不喜歡出門，這點和部落格的主人有得比，只好由我出門買了兩碗炸醬麵，還附帶兩杯紅茶。

買晚餐的路上，我心中的興奮感還沒有平復，一個謎逐漸撥雲見霧的快感籠罩著我，讓我整個人陷入得意的情緒中。

但我同時也明白，我和Q的推斷縱使入情入理，但也有可能從一開始就是錯誤的。事實上推理經常會遇到這種狀況。

特別是你心中有定見時，比如想要找出某個人是竊賊的線索，你的眼睛和腦子就會不自覺地去尋找對你的定見有利的資訊，同時排除掉所有不利你推測的資訊。

某些方面這有點像算命，當算命師說你這週運勢不好時，你就會把所有這週遇到的壞事都歸咎在這點上，並忽略你遇到的好事。然後在心裡想：這個算命師說得果然不錯，我這週真的是衰事連連呢！

而且人說穿了是根本無法預測的生物，比如福爾摩斯類的古典推理，常會出現諸如：「這人把錶戴在右手上，所以一定是左撇子。」之類的推論。

但事實上就我所知，明明是慣用右手，卻愛把錶戴在右手上的人也所在多有，而且你問他們原因，他們還不見得能告訴你為什麼。

又例如有人連續一星期都叫外送，古典推理一定會推測：「這人發生了什麼無法出門的事，所以才會狂吃外送。」但事實上我就看過Q先生明明沒什麼事，卻死也不肯出門外食，整整叫了一個月的外送，吃到連旁觀的我都快吐了。

正因為人是如此飄忽不定的生物，我們才無法成為神，預知未來、釐清過去都是神才辦得到的事，我們只能猜，而猜到的機率通常和統一發票中獎差不多。

我又想到，這倒是Q先生第一次對某件事情抱持這麼持久的興趣。雖然我合理推測這些日子以來，他都在思索隱藏在那一千二百四十四篇記事中的謎。

但這一回，除了謎之外，我感覺Q表現了更多人性的部分。

我一直覺得Q始終遇不到合適的那一位，是因為比起人，他似乎更在意人背後那些理性的部分。這讓做為好友的我很擔心，像Q這樣聰明的人，如果有一天對人類本身失去興趣，那他的人生會變成什麼樣子，我實在不敢想像。

所以這樣也好，藉由對部落格文章的興趣，連結對作者本人的興趣，這對Q而言未嘗不是一件好事。

考慮到這一點，對於他那種近似跟蹤狂的行為，我也可以睜一隻眼閉一隻眼了。

我把炸醬麵帶回Q的房間，我們兩個默默吃了晚餐，一人拿了杯紅茶，又重新打開電腦，繼續討論起來。

「接下來要推論的，是作者工作的地點對嗎？」

我吸著紅茶邊問，Q點了點頭。

「剛才趁你出門時，我查了一下97年郵局招考的錄取名單。」

「啊，對厚，榜示是公開的嘛。」否則就不叫榜示了。

「嗯嗯，還有另一則讓我在意的記事，20XX年7月某一篇文章裡提到，作者和Tony聊起如果他們有小孩，要叫什麼名字的問題，雖然最後不歡而散，因為Tony說不要去想不可能的事情，但這裡其實透露了一點關於他姓名的資訊。」

我看了一下Q指的那則記事，關於小孩姓名討論的部分是這樣記述的：

三、我問Tony小孩要跟誰姓，Tony說還是跟我的吧！跟他的多芭樂。

四、我說芭樂的姓未嘗不好，只要取個獨特的名字就行了。

五、Tony卻說孩子的名字會影響他一生的命運，最好還是請算命的決定。但我沒有告訴他，我的名字就是因為算命，才會變得這麼菜市場。

「啊啊啊，我記得這一篇日誌！」

我叫起來，天大的線索就放在眼前，我竟沒有想起來。

「嗯嗯，綜合這篇的訊息，似乎可以推斷出，部落格的主人是個有著不通俗的姓，但卻有個通俗名字的男人。」

「因為他是全色盲，所以可以推論不可能是外勤，97年內勤部分錄取了一百一十八人，這一百一十八人裡面，名字裡明顯可看出是女性的有五十五人，剩下的男性是六十三人，他的名字肯定是這六十三人中的一個。」

我嘆了口氣，Q的執念真是讓人不得不佩服，我去買麵的十五分鐘裡頭，他竟然一秒都不浪費，釐清了這麼多事情。

「不過『不芭樂的姓』指的是什麼呢？」我問。

「這個嘛，我去查了一下台灣地區現有戶籍人口姓名統計，台灣的第一大姓，你知道是什麼嗎？」

「陳？」

「對，就是陳姓，看來統計結果和人們的感覺是一致的。所以這六十三個人裡面，姓陳的可以先剔除掉，運氣不錯，六十三個人裡姓陳的就有十一人。」

剩下五十二個人，我在心底默默計算。人數仍然很多。

「第二大姓呢？你猜猜看。」Q又問我。

「唔，張？」

「可惜，差一點。第二大姓是林，第四才是張，順帶一提第三大姓是王。不過他們肯定也不知道統計結果，所以我們得從人的感覺去推斷，在我的感覺理，林也是很芭樂的姓，張、李、王也差不多，所以我們可以先大膽地把這幾個姓剔除掉。」

Q用簽字筆，把所有名單上陳姓、林姓和張姓的名字都劃除掉，我才發現他認真到把榜單給印下來了。這樣清理過後，名單整個暗掉了一半以上，Q用小指點了一下剩下的名字，竟然只剩下十六人。

「看來統計並沒有騙我們啊。」

Q顯然相當開心，臉頰興奮得微微發紅，用指背彈了一下榜單。

「好了，現在只剩十六個人了，我們可以套用第二條線索。」

「名字是菜市場名？」我問，Q點了點頭。

「問題又來了，台灣男子戶籍登記姓名中，重覆率第一高的名字是哪一個？」

「唔……我只知道女生是『怡君』。」

我老實地說，現在我們班上就有三個怡君。

「女生的確重覆率比較高，事實上姓名重覆率最高的前五名，在台灣都是女性的名字。而男性第一名是『志豪』。」

我「噗」地一聲笑了出來。「我還真的認識不少個志豪。」

「嗯，志豪、家豪、志偉、俊宏、建宏、俊傑，舉凡這幾個字的排列組合，都是算命師愛用的姓名，好，我們就用這幾個字當線索，重新來看這分榜單。」

我的眼睛飛快在那十六個名字上逡巡，驀地定在其中一個名字上，同時Q的筆尖也動了，跟我的視線遞向同一個地方。

XX72678 龔家豪

「龔家豪……」我又把十六個名字瀏覽了一遍，但越看就越是確信。罕見的姓、配上極為通俗的名字，這組合老實說比想像中少見，我看著Q把這個名字用紅筆圈起來。

「龔家豪，恐怕這就是我們在追尋的主人公姓名。」

Q交扣十指，靠回椅背上笑了。

我看著這個名字，忽然有種不可思議的感覺，本來我們做為部落格的讀者，雖然追蹤他的記事長達快一年，但因為閱讀匿名性的緣故，我們和作者之間，始終隔著一層紗。

但現在，這層紗漸漸地揭開了，感覺作者從冰冷無機的表面漸漸浮出來，站在我們面前，變成一個有血有肉的個體，我可以觸摸到他，甚至可以感受到他的鼻息。

龔家豪，我在心底默念這個名字，名真的是一個人極重要的部分。有了名字，你就彷彿已經認識那個人的一半。

「既然有了名字，我們就姑且稱呼他為小龔好了。」

Q說，他又把重新挪回電腦桌前。

「現在我們最後的問題是：小龔到底在哪一家郵局工作？」

「這種事也可以推論得出來嗎？也太神了吧！」

我忍不住說，這個小龔說實話還滿謹慎的，或許是人本來就會下意識地在網路上保護自己的隱私，所以不要說地名，就連他和Tony一起去河邊，他也從來不會寫是哪一條河、哪一個碼頭。

「嗯，這裡可以當作線索的記事有三個，第一個是20XX年5月這一則，他寫道：『工作很累，回家的路上，抬頭看見彷彿沒有盡頭的電扶梯，不禁想著，這樣的日子會不會也像電扶梯一樣，永遠看不到盡頭。』」

「這篇我有印象，那又怎麼樣？電扶梯到處都是啊。」

「但是他點明『回家的路上』，表示他是在回家的途中，看見這樣的電扶梯的。而我們從前面就知道，他是搭捷運上下班的通勤族。」

「嗯嗯，但就算知道是捷運裡的電扶梯又怎樣？每個捷運站都有電扶梯！」

我說，但Q先生搖了搖頭。

「這裡不只是電扶梯，而是『彷彿沒有盡頭的電扶梯』，告訴你一件事，人在寫這種感性文章時，對於眼前所見所聞的一切，反而會出乎意料地誠實，這是有研究證明的。」

「你是說，那是一個會讓人感覺：『哇靠，長到沒有盡頭耶。』的電扶梯？」

我怔了一下，我和Q都算是長居台北的人，Q是土生土長的天龍妖人，我則是從高中開始就北上念書，那時候台北捷運早已啟用了，因此我們對北捷都相當熟悉。

「……是指忠孝復興站的那個電扶梯？」

Q點點頭，從電腦裡叫出一則網路新聞。

「北捷忠孝復興站的電扶梯，是全台北捷運站電扶梯中最長的一個，總長四十二公尺，從地下一樓一路連結到地上三樓，直達文湖線大廳。因為長度過長，所以剛啟用的時候意外頻繁，還有外國人說這是他看過最長的電扶梯。」

我同意地點點頭，事實上第一次站在那個電扶梯下時，我真有一種不敢往上站的恐懼感，因為不知道這個長到看不見盡頭的輸送帶，會把我帶往哪裡，天堂還是地獄之類。

「這麼一來，我們又更接近答案一步了。」Q說，我從想像中清醒過來。

「忠孝復興站……是嗎？他通勤回家的路線裡，有忠孝復興站。」

我說著，心裡忽然害怕起來。感覺那個姓龔的男人，原本站在離我們很遠的霧中，但現在卻一步步朝我們走近，伸出了手，要我們看清他的臉。

我不禁想這樣真的可以嗎？在大霧的彼端，究竟會是什麼樣的一種風貌？

「對，他顯然不是在忠孝復興站下車，否則不需要搭乘這麼長的電扶梯，無論是從文湖線出來，還是從板南線下車，到出口都不用經歷四層的電扶梯，會搭這個電扶梯的人，都是在忠孝復興轉車的人。」

「所以現在的問題是，」我揮去那些繁雜的思緒，接了Q的話。「他是文湖線轉乘板南線，還是從板南線轉乘文湖線？」

北捷的形態大致分成兩種，一種是高架的，也就是捷運是在台北人頭頂上通過，另外一種埋在地底下，從台北人腳底下隆隆滑過。Q就說過，整個台北市的地底現在幾乎有一半已經挖空了，我們生活在沒有天空也沒有大地的城市裡。

文湖線以前叫木柵線，2010年因為內湖線的通車，才連結成現在的文湖線。

雖然台北的Subway特別美名叫「捷」運而不叫電車，但文湖因為高架又九彎十八拐，所以一點也不捷，通過的地方也比較偏遠。至於板南線則直通台北市精華地段底下，也就是東區一帶，是載客量數一數二的大線。

文湖高架、而板南埋在地底，所以兩線的轉接站忠孝復興站，才會出現從地下一樓到地面三樓的巨大高差。北捷和東京地鐵一樣，是用顏色來區分的，例如板南線又叫藍線，在路網圖上就是藍色的。同理文湖線是褐線、淡水線是紅線，而新店南勢角線分別是綠線和黃線。

Q竟然笑起來。「這個倒是不難推測，他在回家的路上，看到的是下行的電扶梯，表示他回家是從藍線轉乘褐線。」*

本事件發生於2010年，而同樣可於忠孝復興轉乘文湖線的新蘆線則於2012年開通。

「啊啊，『抬頭看見』嗎……」我恍然大悟，不得不佩服Q的心思細密。

「等等，那也不一定啊，有可能是搭乘下行的電扶梯，然後扭過頭看到沒有盡頭的另一端不是嗎？」我提出質疑。

「那樣的話，用『抬頭』就有點不自然。你會稱呼這個動作為抬頭嗎？」

Q先生一邊說，一邊從椅子上站起來，他一手佯作扶著電扶梯，轉過頭來望著自己身後斜上方。「一般來講，會叫這個動作是『回頭』或『扭頭』吧？」

我點了點頭，多少認同了Q的說法。Q便坐回椅子上，繼續說：

「從這個資訊反過來推測，在上班的路上，就是文湖轉乘板南線，也就是說，小龔上班的郵局在板南線上，或是需經由板南線再轉乘的另一個線上。」

「可是板南線上的站很多不是嗎，怎麼推斷他是哪個站？」

「嗯，板南線雖然名為一線，但其實它包括了三個小線，也就是最東邊的南港線、居中的板橋線以及往南的土城線。」

Q從網路上調了「台北捷運路網圖」出來，我湊過去看著。

「在這裡我們就需要用到第二個條件，你看看這一則記事。」

Q把滑鼠移回部落格，點開其中一天的日誌。那是有一天他因為昨晚和

Tony吵架心情很不好，所以早上去上班時整個人昏昏沉沉的記述。上頭寫到：

一、我盯著捷運的門開開關關，腦子卻全在思索Tony的事。

二、我覺得我和Tony之間差不多已經快不行了。

三、腳踏車撞到了我，我卻一點痛也感覺不到，因為心底更痛。

雖然文章如此感性哀傷，但我一眼就看到了重點，忍不住叫了起來。

「腳踏車！是腳踏車！」

Q笑了。「嗯，而且第五項記事小龔仍然在車上：『車子繼續搖搖晃晃，看著窗外與無止盡的漆黑光景，我忍不住流下了絕望的淚水。』所以可以判斷第四項也是在車上，而不是在別的地方，而板南線容許腳踏車牽進來的站……」

不用Q說，我立即撲到路網圖前，一看之下不由得失望起來。

「啊啊，有很多站呢！」

「嗯嗯，南港線方面從國父紀念館站開始，而板橋和土城線方向則從忠孝新生就開始了。」

Q點點頭，又說：「不過這仍然可以有效地縮減一些範圍，首先，因為小龔被腳踏車撞到後，還繼續往下坐，所以可以確定，小龔在容許腳踏車進來的站後，至少還往後坐了至少幾站的路程。」

「嗯嗯，然後『窗外漆黑的光景』，板南線全線埋於地底，這至少可以確定他一直待在板南線，而沒有到台北車站轉車之類的吧？」

台北車站是台北市歷史悠久的老車站，前幾年開始實施「三鐵共構」，也就是把台鐵的火車、相當於新幹線的高鐵，以及捷運台北車站三條線聯合成一個大站，這也讓台北車站成為捷運線上最繁忙的轉乘點。

其中通過台北車站的北捷有兩線，一線是淡水線，通向美麗的淡水，一線就是剛剛說的板南線，兩線只能在台北車站做轉乘動作。

「這也不一定，在台北車站轉乘淡水線的話，淡水線有一半跟板南線一樣，也是在地底下的。」

Q見我皺起眉頭，忍不住笑了笑。

「不過妳說的對，這樣描述的話，在情感上的確像是他一路都在地底行駛，轉車的話，描述應該會有所不同。何況如果他在台北車站轉車的話，離容許腳踏車進來的忠孝新生站只有一站距離，應該不會用上『永無止盡的漆黑光景』這種說法。」

「對啊，早就應該預備下車人擠人了。」

我說，如果他搭的是板橋土城方向的車，恐怕連窗邊都看不到，特別是顛峰時段，那是可以媲美東京地鐵的沙丁魚狀態。

「所以我們可以確定一件事，小龔在忠孝復興站轉車後，接下來應該是搭往南港的方向。」

Q不等我發問，就自行往下說。

「這裡我們就需要用到第三條線索，你看這邊這則記事。」

我又湊過去螢幕前，Q點的是某年12月31日的文章：六、晚上下班後，Tony來接我回家，我們一起吃了晚飯。

「這篇有哪裡不對嗎？」我怔了怔，這再怎麼看都是篇平凡無奇的日常記事。

Q先生就得意地笑了，「猜猜看啊，史卡德*。」

史卡德：馬修·史卡德（Matthew Scudder）。美國犯罪小說作家勞倫斯·卜洛克筆下的一名私家偵探。

「為什麼是史卡德?史卡德是冷硬派偵探耶!」

「很適合你啊，抽菸喝酒又愛玩女人，每一樣特質妳都具備。」

Q難得愉悅地笑著，他會對我開這種非理性的玩笑，就表示他的心情真的很好，我也就不和他計較了。

「我看不出來這記事有什麼問題，親愛的瑪波太太*。」

「光看內容的話當然是沒有問題，這裡你不得不承認，這種逐年撰寫的日記，日期本身真的透露了很多的訊息。」Q說。

「日期?啊……12月31日!是年尾!」

「沒錯，台北人在12月31日這天，最盛大的活動是什麼?」

我恍然大悟。「跨年，是跨年對嗎?所以捷運站會管制?」

「對，而且是郵局的下班時間，約略晚上六點鐘就開始管制了。你也在台北住一段時間了，應該知道哪一站在跨年的時候必定會提早管制?」

我啞然了，不用回答也知道正確答案。台北鄉民是最喜歡湊熱鬧的生物，

---

*馬波太太:阿加莎·克里斯蒂筆下的女性偵探。

做什麼事都一窩瘋，跨年這種事當然也沒有例外。雖然我覺得年這種東西，一個人一生要過上七、八十次，比傑尼斯來台開演唱會的次數還多，實在沒必要特別從它身上跨過。

而每年跨年，台北市雖然各地都有活動，但最為人知的莫過於台北101大樓，也就是號稱世界第二高樓的地標建築，會放上七到八分鐘的煙火。無數的火樹銀花沿著高聳平滑的牆面綻放，被台灣人戲稱為「火柴棒」的原因大概就在此。

台北101位於捷運藍線的市政府站旁，出去之後走路約十五分鐘就到了，也因此每年跨年，北捷在該站點都會提早實施管制，人潮也會多到滿出來的地步。

我從椅子上站起來，拿著紅茶在房間裡亂走。

「我知道了，因為跨年的關係，所以捷運站部分管制，他無法像平常一樣搭捷運上下班。就算不喜歡，那天也只好破例搭了男友Tony的車。」

「就是這樣，如此一來，我們的答案範圍又再一次縮小了。」

Q開心地搓了搓手，重新點開那張台北捷運路網圖。

「下班的時候，小龔先生是反過來走，也就是從板南線南港方向的某一站開始，一路坐回忠孝復興站換車。」

Q修長的手指順著板南線移動。

「但是如果他工作的地方在市政府，也就是101大樓所在位置與忠孝復興站之間，那麼他的通勤路線顯然不會這麼早受到影響。會這麼早受到影響，就表示……」

「……他上車的捷運站尚在市政府站之前，是嗎？」

我彈了一下手指，以前有家知名的印刷廠在南港，我每次要跑校刊截稿都會坐到南港線的終站，所以對那裡的站名還算熟悉。

「也就是說，可能性縮小到永春、後山埤、昆陽和南港四站？」

「南港可以刪去，南港是去年10月才開始通車，但有關搭捷運通勤的紀錄從三年前就有了。」

Q點點頭，他又補充，「在小龔先生的記事裡，有好幾次出現這樣的意象：永無止盡的黑暗通道，永無止盡的寧靜。我想有這種刻在記憶裡的體驗，肯定他的路線上，有一小段是不是那麼繁忙的路段，所以他才能坐在捷運上，靜靜享受那樣的寧靜。」

永春到南港站這短短四站，的確可以說是整個藍線最寧靜安詳的路段。因為直通台北市郊內湖，那裡大多是公園，要不就高級住宅區，所以載客量遠較藍線其他站為少。

「永春、後山埤、昆陽……所以還剩三個站嗎……」

我思索似地咬著指節，Q把身體轉過來面對電腦。

「因為我再怎麼找，都找不到更多關於他下車站名的線索，所以我索性把這三個捷運下車後可能徒步走到的郵局全部標示出來。」

我驚異地看著Q，Q便笑了起來。

「因為記事裡幾乎沒有提到公車，所以我想小龔先生的郵局，應該是捷運站出來後，兩腳走得到的地方。而且你知道嗎？數量意外的少，這三個站彼此在附近，以他們為圓心畫一個十五分鐘腳程的圓，包含在裡面的嫌疑郵局，只有十二家。」

「十二家！」

「嗯，這裡我們還需要一點線索，那就是關於他工作郵局周邊的描述。」

Q似乎越來越興奮，站起來揮舞著雙手。我實在拿他沒辦法，這個男人，以後要不是推理劇裡那種刑偵組的菁英，就是綠島監獄裡的超凶惡罪犯，而且罪名還是跟蹤狂。我可不想到綠島監獄去保你啊，Q先生。

不過推理到這裡，我感覺我們離那位小龔先生只剩一步之遙。

我只要閉上眼睛，就彷彿能看見他的身影：二十五、六歲的男人、安靜、感性，世界對他而言只有黑和白，雖然如此卻擁有極強的自尊心，深愛著他的男人，同時也恐懼他男人的身分。默默地上班、默默地生活，偶而坐在漫無止盡的隧道裡，思索著未來。

「他雖然很小心，盡力不在文章中透露任何關於地名的資訊，但畢竟是每天重覆生活的地方，要完全不露餡是很困難的。」

Q又打開部落格，迅速地滾著滑鼠。

「像是這一則：『Tony來找我，因為時間已經很晚了，我們就在附近的涼麵店隨便吃吃。』類似的記事還不只一則，小龔先生至少寫了兩三次同樣的描述。」

「所以是……涼麵店？」

「嗯，還有像這樣的記事也是：『昨晚和Tony胡混得太晚，早上去得太遲，在附近的麵包店隨便買了個麵包果腹。』有趣的是，小龔先生至少有六篇以上的記錄，都和這個類似，而且因為時間不夠。」

「涼麵店、麵包店嗎……？等等，」我忽然想到一件事。

「就算你知道他工作的郵局周遭有什麼，也沒辦法知道是哪個郵局啊！你打算一一跑遍十二個郵局嗎？」如果是這樣的話，我就要對這位阿宅徹底改觀了。

沒想到Q卻笑了起來。

「不用這麼麻煩，用這個就可以了。」

Q一邊說著，一邊點開了萬能的大神Google，他把隨便一家郵局的地址複製起來，貼近Google的地圖搜尋系統。郵局的位置立時在衛星地圖上被標示出來，Q移動滑鼠，在地點上繞了一圈，點下旁邊的「街道檢視」連結。

「哈啊……」我張大了嘴巴。我想起來了，這是Google從去年開始搞起來的把戲，把某個地點的周邊，用連續的攝影技術，一張張拼貼起來，就成了像虛擬實境一樣，可以前後左右移動的全街景圖。

使用這種資料的話，的確是可以坐在家裡，就輕易地查出郵局周圍有什麼樣的店。

「真的是太邪惡了……」原來跟蹤狂的教主是估狗，我現在終於領教了。

「對吧，安樂椅偵探的好幫手。」

Q揚起了唇角，顯然他對估狗太太的人格有不同的評價。他用滑鼠轉著郵局周圍的道路。

「光是涼麵店和麵包店，可能還不足以成為關鍵，但這裡還有一則記事輔助我們：『我在附近的站牌搭了公車，趕去火車站和Tony會合。』」

「涼麵店、很近的麵包店，以及附近的公車站牌……這三把鑰匙，套用到十二家郵局的大鎖上，能夠開啟的門只有一扇。」

我聽著Q詩意的說法，他的手像魔法師一樣，拿著魔術棒，點向了其中一家郵局的連結，我屏住了呼吸。

「後山埤站旁的港三郵局，離捷運站約十分鐘腳程，這就是小龔先生工作的地方。」

我怔怔地看著Google街景地圖上的郵局，那是一間很小、很舊的郵局，外觀的白色瓷磚已經泛黃了，而就在郵局旁邊，孤零零地並列著一家「特製涼麵館」。再往旁邊一看，則是一家相當古老的西點麵包店。

遠處則是剛好被拍下的公車，正魚貫地停入不遠處的公車站牌。

「港三郵局……」我說不出話來，強烈的虛幻感襲擊著我。

那種感覺就好像見網友一樣，我有時候也會上一些女同的交友版，開始在網路上聊天時，總會覺得對方不錯，十分親切，好像你認識多年的老友一樣。

但真的到了見面那天，實際看到那個女孩的臉，反而就有種疏離感。甚至會想：這真的就是每天晚上和我聊MSN的那個人嗎？

「啊啊，那這樣子一來，名字、職業和工作的地方都有了嘛！」

我發呆發了很久，才從解完謎的衝擊中清醒過來，忙按了一下仍坐在電腦前的Q。

「那你就可以去找他囉？只要在郵局上班時間，他是內勤，應該不難找？」

我覺得有點興奮，如果真在那間郵局找到那號人物的話，感覺一定很爽，雖然下一秒可能就會被當成Stalker拖走就是了。

Q聽了我的話，卻莫名臉紅了一下，他顯得比預想中沉寂，沒有平常解完謎後的那種舒爽感。

「我並沒有想去打擾他的生活，最多只是去看一下，這樣同時具備理性和感性的人，是怎麼樣的一個人而已。」

他說著，便彷彿陷入了沉思，不再搭理我了。

解謎之後過了幾天，我很快就忘了這個小小的人肉搜索遊戲，繼續和我家閃光遊山玩水、翻雲覆雨。

我本來以為解謎過後，Q很快就會對那個部落格失去興趣，並像涅羅*一樣開始找尋新的謎面。

但是令我驚訝的是，Q先生仍舊忠實地追蹤部落格，而且感覺更投入了，他幾乎整天都滾動著滑鼠，一篇篇Repeat那些戀愛記事。

我是不知道Q先生到後來有沒有去找小龔先生，但從他彷彿和椅子融為一體的身影，還有玄關那副長了灰塵的鑰匙看來，應該是沒有才對。

原先這麼興致勃勃，真找到人後又如此消沉。我承認我終究是弄不懂Q先生，這大概是天才和普通的聰明人間無法跨越的那條鴻溝。

有天我和女友在外頭吃完晚飯，她陪我回Share House。才打開門，就看到Q先生竟然在起居廳裡，他微弓著背，用手抓著下顎，眉頭皺到都快擠出來了。

我知道那代表他在思索什麼極為難解的問題，例如雞為什麼是卵生而不是

涅羅：漫畫《魔人偵探腦嚙涅羅》的主角。

胎生之類的（因為這樣就不會有雞生蛋蛋生雞的謎題了），忍不住叫了他一聲。

「Q？」

但他就像沒有聽到似的，半晌竟忽然回過頭去，一股腦地衝向了他的房間。

「太奇怪了……這太奇怪了！」他一邊衝還一邊喃喃喊著。

我和女友對看一眼，女友經常來我家，對於我這位古怪的男性室友也早就習以為常，她攤了一下手，對我點點頭，我就追了過去。

「這不合理啊……這太不合理了……」

Q背對著我滾著螢幕，兀自喃喃自語。我忍不住一掌拍在他肩上，發現他還在瀏覽那個部落格，不禁說：「你還在看那些日記啊？不是已經解完謎了嗎？」

Q搖了搖頭，他把部落格轉到最新的一篇。我從他身後定睛看去，有一篇還閃著「New」的記事，竟然已經寫到一百五十幾天了。

失戀第一百五十六天，打翻了玉米湯，彷彿天地都失了顏色。

「天呀，他到底要寫到什麼時候啊？」

我開始同意Q的話了，倒不是覺得失戀難過這麼久不正常，而是這個人未免也太有恆心了，戀愛的時候一頭熱，懷抱著激情把和Tony之間的閃光逐日記錄下來，這我可以理解。但失戀了還可以持之以恆這麼久，果然不愧是考上國考的強者。

「你不覺得奇怪嗎？」

Q的聲音在我耳邊響起，我女友在起居廳開了電視，自行看起她喜歡的韓劇來，看來我有時間暫時處理我的麻煩室友。

「哪裡奇怪？」

「奇怪啊……很多東西都很奇怪。老實說那天解出他工作的郵局後我就這麼覺得，有什麼東西不對勁，和邪神包心菜*一樣，有個讓人一看就渾身不對勁的東西存在於這篇戀愛日誌裡頭……」

我聽他這樣說，也不由得在意起來。Q雖然有些地方吹毛求疵了點，但通常不會無的放矢，能讓他操心這麼久，那這些日誌就肯定有什麼古怪。

「到底是哪裡不對勁？是最新的這篇嗎？」

邪神包心菜：動畫《夜明前的琉璃色》由於作畫崩壞，將高麗菜畫成了綠色的圓形不明物體。此後只要有動畫出現高麗菜，一定會被拿來做比較。

「不只是最新的這篇，是整個都不對勁……最新的這篇也是，你看，他說：

打翻了玉米濃湯，彷彿天地都失了顏色。

我不明所以。「有哪裡奇怪嗎？這人的記事風格都是這個調調啊。」要說為賦新辭強說愁的話好像有點可憐，但有一種故作傷春悲秋的感覺倒是真的。

「你不覺得很不自然嗎？全色盲的人怎麼會寫『彷彿天地都失了顏色』這種話？」

我怔了怔，隨即張大了口：「啊，你是說色盲……」

「照理說顏色應該是他們最在意的一件事，就算這種描述方式再怎麼通俗，他在寫到這句話時，難道不會覺得很不自在嗎？不，應該說以他的情況，壓根不會在文章上選用這種等於在嘲諷自己的句子。」

「那到底……是怎麼回事？」

「不只是這一篇，我剛剛翻到前面還有一篇，就是這個：『失戀第三天，對岸的號誌燈，宛如流血的單眸。』號誌燈怎麼會像流血的單眸？」

「因為是紅燈不是嗎？紅燈有時會有種光渲染出去的感覺，遠遠看就很像是噴血的眼睛……啊！」

我忽然了解了。

「啊……啊啊，是這樣嗎？因為紅燈對嗎？因為他根本看不見紅燈！」

「沒錯！這種既視後把意象隨筆記下的文章，我說過往往是最誠實的，如果不是看見了紅色，黑白的號誌燈再怎麼渲染，都不會讓人聯想到流血。也就是說，記述這個景象的人根本就不是全色盲。」

「等等，所以說小龔先生根本就不是色盲？」我茫然地問，這種推理從一開始就錯了的事情也常有。開頭走錯方向的話，後面的推論經常不可思議地也會往錯誤的結論靠攏，這就是武斷的推理危險的地方。

「不，我不認為我們的推理有錯，至少在色盲這件事上。」

Q冷靜地說，他又滾動起滑鼠。「我本來也是像你想的一樣，於是就回去重讀了前面一千多篇記事，但同樣的情形卻完全沒出現。」

這回我真的是毫無頭緒了。「這……究竟是怎麼回事？」

Q先生忽然不說話了，他在電腦桌前坐著，手肘支在桌上，就這樣保持這個姿勢很久，半晌才忽然開口。
「妳覺得我們要怎麼知道第一人稱記述者的身分？」
「欸？」
「讀小說的時候，不是常常會讀到以『我』為主角的故事嗎？如果是第三人稱的話，比如我當主角好了，那麼開頭就會寫『小Q今天精神飽滿地起床』，那至少讀者們就會知道主角的名字是小Q，但是第一人稱的話呢？」
「唔，看小說裡的其他人怎麼稱呼他吧？」
我回想了一下最近看過的推理小說。
「有的小說會在開頭就自我介紹啦，像是跟觀眾說話一樣，像是珍．奧斯汀時代的作者不就經常這樣嗎？會說些各位讀者，你或許覺得我怎樣怎樣，或是各位看官，像我這樣一個怎樣怎樣的人，諸如此類的。」
「如果主角都沒有自我介紹呢？」
「那就看小說裡其他角色怎麼稱呼他囉，如果是小說的話，主角總會和什麼人對話吧？比如我當主角的話，小說裡面寫到你，就會出現像這種描述：小Q邊揮舞著雙手邊囂張地向我說：『X，你快點過來一下！』如此一來讀者就知道我叫X了。」

「對，這就是問題所在。」

Q點了點頭，好像不怎麼在意我在舉例中偷婊他的事。

「就拿你的例子來講，在你寫作的故事裡，那個『我』的身分，反而不是隨著記述者，而是隨著記述者以外第三人的反應而變動。」

「例如在那個故事裡，要是你寫道：『小Q邊優雅地喝著紅茶邊溫文有禮地說：X，可以麻煩你把書架上那本書拿給我嗎？』那麼讀者就會認為那個『我』叫X，而如果你這樣寫：『小Q邊優雅地喝著紅茶邊溫文有禮地說：Y，可以麻煩你把書架上那本書拿給我嗎？』這麼一來，讀者就會認為『我』其實是Y。」

「這本書一定不是我寫的，我認識的Q絕對不會優雅地喝紅茶。」

「這又是另一個記述者主觀影響客觀的問題了，不過不是今天的主題。現在設想一種狀況，如果在上述這個故事裡，記述者以外的第三人永遠都不叫『我』的名字呢？」

「還是有其他方法啊，比如『我撿到一張學生證，上面寫著：X，21歲，竟然是我的學生證！』這樣也可以輾轉地知道『我』的身分。」

「這就是鏡像了，其實第三人的反應也是一種鏡像。我的意思是，如果都沒有這些鏡像出現的時候呢？」

我攤了攤手，「那的確是很難知道記述者的身分。」

「所以說如果在上述的故事裡，有一天忽然出現這樣的記述：『Q忽然轉過頭來對我說：Z啊，我那個老是把女友帶回家的室友已經搬走了，你可以用她的房間沒關係。』這時候讀者才會赫然驚覺，原來現在這個『我』已經不是之前那個『我』了。就像現在，搞不好你已經不是兩個禮拜前和我討論小龔的那個人了。」

「對不起，我沒有打算要搬走，我想你也找不到第二個願意當你室友的好心人了。」

Q笑了起來。好吧，我必須重申我真的是故事一開頭的那個我。特別聲明這種事情實在很奇怪，都是Q這個九彎十八拐的人害的。

「這個部落格也是一樣的，因為從頭到尾都是第一人稱記述，所以實際上我們並不知道作者的身分，記事裡也沒有任何Tony稱呼那個『我』的條項。」

這倒是，我回想了一下那幾千篇的記事，每次都是「我」說Tony如何如何，但從來沒有Tony對他說了什麼話的記述。

Q交扣著雙手，把腳翹到膝蓋上，說出了令我震驚的話。

「這也就是說，假如這個部落格的記述者中途換人，我們也無從得知。」

我瞪大了眼睛。

「中途換人？你是說，這個部落格的文章不是同一個人寫的？」

Q點了點頭。「正是如此，所以才會出現這種不自然的狀況。明明是全色盲的人，卻忽然出現了和顏色有關的記述，明明是理性看待一切事情的人，卻出現了失戀幾百天還在無病呻吟的舉動。」

「等等，所以部落格的作者換人了嗎？從什麼時候開始？不，應該說作者到底有多少人？」我茫然了。

「我想應該就是兩個人，至於從什麼時候開始，應該就是從這一篇開始。」

Q說著，把滑鼠滾到了最上方。螢幕上映出了一切的開端，就是那篇失戀宣言：

20XX年10月X日

我，失戀了。

「啊啊……」我忍不住呻吟出聲，「也就是說，從那篇開始以後……」

「嗯，記事風格通常也就代表著一個人的思路模式，一般來講很難改變，人就算失戀了也不會因此就換一顆腦袋，我一開始覺得最不自然的地方就在這裡，為什麼小龔先生會忽然改變分點分項的描寫方式？」

我其實一開始也曾懷疑過，但一來我對部落格之謎沒這麼熱衷，二來我覺得失戀對一個人的打擊可大可小，大起來自殺也是常聽見的事。就算因此改變一下記事風格，也不是什麼太奇怪的事。

「不是作者『改變』記事風格，而是作者本身『改變』了嗎……」

我喃喃地說著，半晌整個人跳起來。

「那是誰？後段的作者換成了誰？」

Q這回表情稍微嚴肅起來，我覺得他的眉目有幾分溫柔，也有幾分哀傷。

「如果我沒猜錯的話，應該就是那個Tony了。」

「咦咦？」我張大了口，「等等，所以那些失戀記事是Tony寫的嗎？他和小龔先生分手了，然後跑到小龔的部落格上貼這些文章？」

「我想應該不是，分手的情侶還給對方自己部落格的帳密，讓對方跑進自己的地盤發失戀日記，這怎麼想都太有違常理了。」

「也有可能是Tony盜取了小龔先生的帳密不是嗎？可能他由愛生恨，就用駭客技術駭進小龔先生的電腦，然後強佔他的部落格，讓小龔束手無策啊？」

我越想越覺得有這種可能，要是Q失戀了搞不好會做這種事。

「我想那也是不可能的，因為如果Tony真做這種報復行為的話，小龔先生也不可能悶不吭聲，這部落格並沒有設禁止回應，他至少也會在下面出個聲之類的。再者……從小龔這一千多篇記事看來，我不認為那個Tony是幼稚到會做這種事情的人。」

我點頭同意，小龔眼裡看出去的Tony，不僅風趣、帥氣，還散發著一種成熟男人的氣質，經常讓人有種作者覺得自己配不上他的感覺。

「那到底是怎麼樣？為什麼Tony忽然要接寫小龔先生的部落格？」

Q忽然低下頭來，把下顎支在他折彎的手背上。

「我想，應該是因為……原來的記述者已經不在了的關係。」

我怔住了。

「不在了……什麼意思？」

Q微閉了一下眼睛。

「就是字面的意思，不在了，從這個世界上消失了。小龔先生他已經死了。」

「啊……」

我整個人彷彿清醒過來，那幾百篇的失戀記事在我腦海裡閃過，遺失、消滅、拋棄、哀老、死亡……這些哀傷的意象忽然變得鮮明起來。原來他並不是為賦新辭強說愁，而是真的在哀悼，哀悼自己情人的永訣。

我，失戀了。

我想起最開頭的那句話，感覺胃扭成了一團。

「死了……為什麼會死？是病死嗎？」

Q先生慢慢張開了眼睛，看著無焦距的一方。

「以下的事情全都是我的猜測。不過也不是胡亂猜的，我想，小龔先生應該是死於意外，而且是極突然、事前全無跡象的那種。」

「意外……？」

「嗯，如果像你說的，他是病死的話，那無論他再怎麼隱藏，之前的記事一定都會有跡象。去醫院看病什麼的、或是和家人訣別什麼的，但是這些在文章裡都找不到。而且你看失戀前一天的記述，作者和Tony還開開心心地去聽音樂會呢。」

Q長長吐了口氣。

「至於什麼意外，這也是我的猜測，恐怕是交通事故。」

「交通事故？」

「嗯，就是我剛剛舉的那則記事，失戀第三天的時候，Tony不是這樣寫嗎：對岸的號誌燈，宛如流血的單眸。覺得紅燈像流血的眼睛不是不可能，但終究有點罕見，為什麼Tony一看見紅燈，就會想到流血呢？」

「雖然這也有可能是Tony思路獨特，但我猜更大的可能是，他有認識的人曾經在車禍中受傷，或甚至喪生，所以當他一看到同樣的號誌時，不知不覺就會聯想到血。」

「啊啊……」我說不出話來。

「至於發生事故的原因，我想可能也和他的全色盲有關。其實現行的交通號誌，對色盲而言其實是極為危險的，我們的紅綠燈經常不只紅綠黃三種顏色，還有左轉燈、右轉燈，有時直排有時橫排。」

Q難掩幾分感慨地說著。

「色盲的人大多憑位置去推測號誌可能的顏色，但遇到那種號誌排列過於複雜的情形，或是有些私人停車場的號誌不照規矩排列的情形，就很難正確判斷出現在是哪一個顏色的燈在閃。」

「所以Tony先生才經常說要載他。」

我回想著記事，經常出現：「Tony說要載我，但我拒絕他了」、「Tony為了我不坐他車的事，和我吵了一架。」之類的記述。

「對，Tony知道以情人的狀況，一個人在不熟悉的路段走很容易出事。但是正如我們之前推理的，小龔出於自尊心，可能有一部分也是色盲的自卑感，不太願意坐另外一個男人開的車，所以一直不願意接受Tony的好意……最後導致這樣的結果。」

我忽然極為感嘆，沒想到事情會是這樣子。雖然我不認識那個小龔先生，但這些日子瀏覽他的部落格，和Q一層層推理下來，我竟也有一種認識他很久的感覺，好像我們和他是老朋友一樣。

沒想到這位老朋友還沒有見著，就已經天人永隔了。

「我想……這個Tony一定極為自責，為什麼不載他回家就好、為什麼自己不能多堅持一點，所以他才像這樣，連續數百天地紀錄下小龔死亡後的心情，以做為宣洩。」

「他怎麼會知道小龔部落格的密碼？」

「我想他們情人之間一定有什麼默契，這個部落格又是為了Tony而設的，說不定Tony平常就有偷偷在看了，猜得出密碼也不是什麼意外的事。」

Q沉靜地說。

「他為了讓部落格不要間斷，營造出小龔還活著的樣子，所以還刻意模仿了小龔的筆法，他知道小龔是色盲，所以模仿的記事中也刻意避免出現顏色。但是他終究還是活在彩色世界的人，所以某些地方還是露餡了。」

我閉上了眼睛，在腦海裡最後一次描摹那兩個人的形象：二十五歲、在郵局工作的公務員，足不出戶、理性而安靜，世界只有黑與白的男人。遇上了幽默而感性、性格陽光，總是開著跑車、對情人無微不至，世界滿溢著色彩的型男。

黑白的世界與彩色的世界，交融成一千兩百多篇色彩斑斕的紀錄，美不勝收。

Rest in Peace，小龔先生。我在心底默默地說。

「我想他……搞不好也在等著有人阻止他也說不一定，所以才會這樣一直不斷地、彷彿要向誰訴說地寫下去，他無法相信小龔就這麼死了，所以說他只是失戀了。失戀了就還有轉機，還可能重新找回屬於他的戀情。」

Q說了不像他會說的、極為感性的結語，然後閉上了眼睛。

「以上，就是部落格失戀記事之謎的解答。」

不知道為什麼，以前和Q一起解各種謎，當獲知最後的謎面時，總有一種通體舒暢的感覺，彷彿堵塞的毛細孔一瞬間通了那樣。

但只有這一次，聽見Q久違的解答宣言，我竟覺得胸口有股塊壘，沉甸甸的淤積在那，就連女友溫柔的軟語，也無法化解那種抑鬱。

Q不再看那個部落格了，也不再坐在電腦前，他仍然偶爾去大學裡上他喜歡的課，其他時間就宅在他的書堆裡。

但我發現他出門的次數變頻繁了，以往每次回家都看得見的身影，現在我提早回來Share House，還會發現燈全是暗的，Q先生不知道到哪裡去了。

有次我心血來潮，用Q先生的電腦進那個部落格，才發現部落格竟然停止更新了。長達三年半的日記，停在失戀第一百五十六天那篇，日期是20XX年5月1日，正是Q破解整個部落格之謎的那天。

有天Q晚歸時，我們一起吃晚飯，他忽然抬頭說：

「那個部落格的密碼，是用Tony先生的出生年月日。」

他說完這句話，就低下頭繼續吃便當，竟沒有任何後續的推理與解釋。我一陣錯愕，同時心裡也隱隱約約有了個底。

又過了幾個月，我在估狗上搜尋我和女友暑假出遊要住的民宿時，資訊串裡又跳出了那個部落格。

出於懷念，我移動滑鼠，點開那些久違的日誌。卻意外地發現他又更新了，但更新只有一篇，還是前幾天的事。

記事的內容非常簡單，只有短短四個字。

20XX年8月X日

我戀愛了。

我呆呆地看著那幾個字幾秒，然後不由自主地笑了。

這則記事的作者是誰呢？誰戀愛了？又是和誰呢？

我沒Q這麼厲害，無法從那四個字推斷出來。

但我注意到Q最近越來越會打扮自己了，雖然整體來講還是那副頹廢樣，但他在某天去理了頭髮，還把鬍子細心地剃乾淨了，衣服也不再是那一千零一套，連球鞋也去買了新的。Q本來就算是個帥哥了，最近的他頗令我這個好友耳目一新。

「喂，你有沒有看到我的髮膠？」

這時Q在客廳喊我，他好像要出門的樣子。

「髮膠？你什麼時候買過髮膠了？」

「有啊，就上次那條……啊，算了！來不及了，我得出門了，我晚飯不回來吃，不用幫我買便當沒關係。」

我聽著Q匆匆忙忙拿鑰匙關門的聲音，再望向部落格那則最新記事。

我戀愛了。

嘛，算了，也不急在一時。

反正總有一天，Q也會為我解開這個小小的謎吧！

—Ending—

第一次玩海龜湯就上手

大家玩過海龜湯（Turtle Soup）嗎？

第一次接觸到海龜湯這種遊戲，是我的T女友A教給我的。海龜湯其實是一種叫做「水平思考拼圖」的遊戲，光是這樣講，各位一定還是一頭霧水，就舉A第一次給我玩的湯為例好了。

她給我玩的是最普遍的那個湯，叫「湖中無水草」。

湯面是：「一名男子在湖邊看到一個上面寫著『湖中無水草』的告示牌，回家之後就自殺了，請問為什麼。」而想知道故事背後的原因，也就是俗稱的「湯底」，就要經由不斷地詢問出題者，才能找到真正的答案。

但說是詢問，問題的型態卻是受限制的，參與者只能詢問出題者非黑即白的問題，也就是所謂的「Yes/No Question」。

你不能問出題者：「湖邊除了告示牌，還有什麼其他的東西？」而只能問出題者：「湖邊還有其他的東西嗎？」

兩個問題聽起來類似，其實天差地遠，前者出題者可以告訴你：「湖邊除了告示牌，還有A、B、C、D……」

但後者他只能回答你：「湖邊有其他東西。」至於是什麼東西，你還得自己想辦法問出來。

這樣的遊戲極度考驗想像力，而事實證明我是個極度缺乏想像力的人。第一次和女友玩的時候足足花了三十分鐘，問到A都笑著引導起我來。

後來我知道了湯底後，才知道自己拐了多大一個彎。這碗湯的湯底是：「因為當年男子的女友在湖底溺水，男子跳下湖去救，摸到了女友的頭髮，但卻誤認那些頭髮是水草，因此沒有把女友救上來，導致女友淹死在湖底，因而發現真相後羞愧自殺。」

但我在玩的時候，卻覺得他一定是在湖邊發生了什麼讓他絕望的事。我甚至猜想湖中無水草會不會是一個謎語，比如男子的情人在信上寫了什麼「見水草如見我」或「我們在沒有水草的地方相會吧！」之類的遺言，所以男子才會自殺。

這種遊戲就是這樣，一但方向偏離，問的問題就會越來越遠。

A說有些海龜湯，在Yes/No之外，容許「這個問題不是重點」（Not important）這種答案，如此可以阻止參與者將答案越帶越遠。

但正統的海龜湯其實是不能這樣答的，因為問題是否重要，必須憑藉參與者自己的思考與推理，而不是由出題者告訴我們。

「這根本就強人所難嘛！」

我向A抗議，我和她玩到最後，往往都變成A對我循循善誘，半暗示半回答地將我引導向最後的答案。

A是一個很聰明的人，我從開始和她交往就這麼覺得。她平常很喜歡看一些推理小說，還有日劇裡的刑偵推理，有時看得入迷，還會用筆記下故事裡的細節，畫成表格之類的東西，然後煞有其事地分析。

像我就完全無法理解她的行為，我也不喜歡看推理劇，只要她不在的時候，我總是把電視轉到韓劇，動腦這類事情完全不適合我。

但大概是所謂近朱者赤，和A玩這種小遊戲玩久了，我也漸漸有一點喜歡起這類動腦的遊戲，除了海龜湯，有時也會陪A一起玩玩乙案偵查之類的活動。

有一次，A說要帶我去見她的新室友。

她最近搬了新家，搬進一間Share House，裡頭因為某種原因，除了她那個新室友外，其他人都搬走了。

初次見面，我就嚇了一跳，不單是A和男人同租一間屋子這件事，這個男人非常奇怪，他有著一張帥臉，但頭髮像是很多年沒洗一樣，亂糟糟地散在臉頰旁。明明是第一次和女生見面，竟然只穿了件襯衫，以一個婆的眼光看來，真的是浪費了他那張臉。

A介紹他叫作Q，我們聊了一下天，叫了披薩和可樂當晚餐，在等披薩來的時間中，A就說想玩海龜湯。

「海龜湯？」頹廢的男人不解地問。

「就是Turtle Soup啊，你有在逛PTT吧，我之前明明有叫你去看。」A說。

「喔，那個啊，我只看了一下規則。」Q先生懶洋洋地說。

「那個東西你一定會有興趣，那可是結合了推理和想像力的遊戲。」

「推理本來就需要想像力。」

「總而言之現在剛好有三個人，你就和我女友比個賽怎麼樣？」

A興沖沖地問，Q先生好像沒有反對的意思，稍微點了一下頭。

我覺得緊張起來。「請、請多指教。」

A先出了一個簡單的題目，那好像是經典題庫的題目之一，但我還沒玩過。湯面是：「有個男人頭下腳上地倒插在沙漠裡，手上拿著一根燒盡的火柴棒。」A要我和Q輪流問一個問題，直到猜出湯底。

基於女士優先，Q先生讓我先問。
「那個男人死了嗎？」我問。
「Yes。」A很快地答。
輪到Q先生了，我看見他稍微直起身來，看了A一眼。
「他周圍沒有其他東西？」
「Yes。」A答。
我不太明白Q為什麼要問這個問題，而且還是用否定問句，好像一開始就有定見他周圍沒有其他東西似的。
「他是從頂樓掉下來嗎？」我問。
A笑了一聲。「No。」
我「喔」了一聲，有些失望。
「火柴棒不是用來做它本來的用途嗎？」Q先生問。
A遲疑了一下。「Yes。」
我準備要問下一個問題，Q先生卻忽然揉了一下太陽穴，說：
「我知道湯底了。」

他在我驚訝的目光下打了個呵欠。

「男人和朋友坐熱汽球橫越沙漠，因為熱汽球重量太重，所以他們抽籤決定誰要被扔下去減輕重量，他們劃燃了一根火柴，在把燒過的火柴夾在其他沒燒過的火柴裡，誰抽到那根燒過的火柴，誰就得犧牲自己被扔下去。後面的事情應該不用我解釋了。」

我瞪大了眼睛，A無奈地攤了攤手，「Yes，完全正確。」

A看起來似乎很不甘心，嘟著嘴說：「我知道這種題目難不倒你，但你也應該顧全一下我女友的面子，幹麼這麼快就講答案出來，人家是女孩子耶。」

「妳也是女孩子啊，平常怎麼就不要我顧面子。」

「我是我，她是她，不能混為一談。」

我聽著他們吵嘴，不由得也覺得有趣。A平常是個非常酷的人，要我來說的話，簡直像那些冷硬派偵探故事裡，拋家棄子的那種男人。

我和她從求學時代交往至今，知道她過去有很多不好的經驗，因而變得性格上有些孤僻。除了我這個伴侶，我也很少見A有什麼朋友，更別說像這樣和另一個男性打鬧。

這讓我很擔心，我認為A除了女朋友之外，是該有幾個能夠聽他談心的朋友才對。因為即使是最親密的人，也有很多事情是無法分享的，有些話題還是跟朋友聊比較好。

「等一下，為什麼你會這麼快知道湯底，你玩過這題目嗎？」我忍不住問Q。

「我沒有玩過，但是這個題目並不難猜，因為他出得很好。」

「出得很好？」A問。

「我看過海龜湯的範例和規則，也看過一些實際玩起來的狀況。這遊戲的祕訣，說穿了就是兩個。」

我看Q直起了身，感覺他和剛才頹廢的樣子判若兩人，整個人精神起來。

「一個就是選擇問題的能力，要問什麼樣的問題才能快速接近答案？例如謎面裡一個男人死了，你不能散焦地問『他是被刀殺死的嗎？』、『被車撞死的嗎？』，而應該先問『有人殺死他的嗎？』如果答案是No，再進一步去問『事故而死的嗎？』、『是自殺的嗎？』，就像數學的圓一樣，從大而小，從遠而近，這部分是邏輯推演最基本的功夫。」Q屈起一根手指，又說，「其次是組織資訊的能力，這遊戲因為全是Yes & No Question，所以很容易問到後面，就忘記前面問過什麼問題。」

Q說的一點都沒錯，我就經常犯這樣的毛病。

「例如前面『事故死』已經被否決了，但參與者卻在遊戲後期又問出『難道是掉下去摔死的？』，這種事情在遊戲中很常見。腦袋裡對於問題的順序、關連，在遊戲期間必須有張清楚的藍圖，否則你就會一直重覆類似甚至相同的疑問。」

「比如你一天到晚問我有沒有看見你的襪子。」A插嘴。

「這是人的記憶對於不重要資訊取捨的問題，和組織能力無關。總而言之，海龜湯要玩得快狠準，至少要具備上述兩個基本功夫，不過這些都只是表面的基礎而已。」

「表面的基礎？」我忍不住問。

「沒錯，這兩點基礎，可以拿來應付所有的海龜湯謎面，但有的時候，根據題目的不同，有的時候還是可以耍一些小技巧。」

「作弊嗎？」

「說作弊也不全是作弊，只是一點點小小的推理。首先，這種遊戲最有趣的地方就在於，越好的題目，往往越容易被猜中。」

Q望著A。「就用剛才這個題目當例子好了，一開始出題者給了我們哪些資訊？」

「資訊？是說男子頭下腳上插在沙漠裡嗎？」我問。

「不只是這樣，在玩海龜湯時，要注意出題者offer的關鍵字，也就是所謂的key word，例如在這個題目裡，你第一次看到這個謎面時，會注意到哪些特別的詞語？」

「啊，你是說像這樣：頭下腳上、沙漠、燃盡的火柴棒，像這樣？」A反應很快。

「對，首先一定會注意到的就是頭下腳上了。好的海龜湯謎面，通常就是起於一個超乎常識的點，這個題目裡最超乎常識的點就在這裡，因為一般正常的人不會頭下腳上，看到這樣的人，你首先會想到什麼？」

「他絕對不是自己把頭埋進沙漠裡的。」

「這很難說，海龜湯的題目千奇百怪，搞不好他是探頭看他的溫泉蛋煮好了沒也說不一定。」

Q先生笑笑，他又繼續說。

「不過的確這點給了我們一點暗示，暗示這個題目裡可能有其他的外力，才會讓一個人頭下腳上地插在沙漠裡。再來，火柴棒也是一個超乎常識的東西，因為一般人死掉的時候手裡並不會握著火柴棒。」

「但是就算知道火柴棒有古怪，一般也會想到跟火有關的事情吧？」我問。

「的確如此，事實上這個謎面並非和火完全無關，我說過了，它是一個很好的題目，也因此它的關鍵字和故事之間必定有合理的連結性，我首先會想的不是他拿火柴棒點燃什麼東西，而是他從哪裡拿到火柴棒，以及為什麼是火柴棒。」

「啊，你是說熱氣球……」我恍然。

「對，出題者在想要用什麼東西當籤時，他心裡已經知道男人坐的是熱氣球了，事實上他可以選擇用午餐的免洗筷子之類的做籤，或是美乃滋的瓶蓋之類的，但他最後卻選擇了火柴棒，就是因為他已經受到既定謎底的影響。」

Q先生又把背靠回沙發上，喝了一口我放在桌子上的茶。

「要知道出題者是知道謎底的，知道謎底的人，無論他再怎麼刻意隱瞞，都沒有辦法在抹消他腦裡謎底的情況下出題。某些方面，這和測謊有點像，你們知道測謊嗎？」

Q先生似乎來了聊興，身子從沙發上直起來。我和A對看一眼，A好像已經習慣她的室友這樣，就攤了一下手。

「就是那種把人綁在可以反映心跳的機器上，問他一些問題，然後測驗他說謊時心跳會不會加速的東西嗎？」A說。

「對，但也不完全對，很少人知道測謊的真正流程。首先是測謊的題目，出題的人會先準備很多受測者一定會回答的問題，例如你叫什麼名字、你今年幾歲等等，應該說測謊的題目中，百分之八十以上都會是受測者一定知道的問題。」

「那還需要測謊嗎？」我好奇地問。

「這就是出題者的詭計啊，真正需要測謊的題目，往往夾雜在那些理所當然的問題裡，例如問過你住哪裡、高中念什麼地方，當你反覆地面對這種不需要思考、理所當然就能回答出來的提問時，腦子裡戒心就會自然而然降低。」

「這時候再問『人是不是你殺的？』嗎？」A說。

Q先生笑了起來。「大致是這樣，當你乍然聽到需要思考的問題，就好像好夢正酣的人被驚醒一樣，一度遲鈍的腦袋要恢復敏銳的思考是需要時間的，那時候說謊的反應就會遠比平常準備好的時候要大。」

「好詐喔。」我忍不住感慨。

「測謊的藝術還不僅於此，當遇到需要測謊的關鍵問題，打個比方好了，凶手殺完人之後就把凶器藏起來，但出題者卻不知道凶手把它藏在哪裡。」

「嗯。」

「這時候出題者就會這樣問：『凶器藏在什麼地方呢？』，但他不會要受測者直接回答，而是要他用選的，出題者會替他把所有可能的答案擬好。他會用這種問法：『凶器藏在你家裡嗎？』。」

「這時候受測者當然回答『No』，然後出題者再緊接者問：『凶器埋在花園裡嗎？』受測者再答『No』，出題者再問『凶器被快遞寄出去了嗎？』、『凶器交給朋友了嗎？』、『凶器丟到馬桶裡了嗎？』或是『凶器燒掉了嗎？』……」

「為什麼要這樣問啊？」我忍不住舉手。

「因為大部分去接受測謊的人，其實心底都有擬一個虛假的答案。」

Q慢慢地說：「比如出題者問：『你和被害者最後一次見面是什麼時候呢？』，他就會回答『是去年的秋天啊。』要知道雖然大部分人說謊的時候，生理都會出現反應，但是這種生理反應，是可以經由訓練來消除的。」

Q笑了笑。「比如A如果一直對著鏡子說：我是美女，我是正妹，總有一天她就能夠臉不紅氣不喘地說出這句話，這個道理是一樣的。」

「所以說，這樣可以防止受測者事先演練。」

A聽得專心，她竟然沒有生氣，我卻不禁在旁邊偷笑起來。

「沒錯，而且要是出題者的選項裡出現實際為真的答案，也就是本來受測者應該要答『Yes』，卻不得不說謊答『No』的選項時，通常就會出現動搖，再配合前面說的那種穿插法，受測者很難不起反應，這樣出題者就會知道，這題的答案其實是Yes。」

「但是也有可能出現根本沒有正確答案的情況不是嗎？」A提出質疑。

「沒錯，但是這通常很少見，就算不是完全正確，但因為受測者心裡已經有一個答案了，所以只要你提到類似的事情，他就會不由自主地往那方面想。」

這時候門鈴響了，原來是送披薩的來了，A主動站起來去開了門，拿了兩個特大號披薩進來，而Q先生仍舊在沙發上一動也不動。

這樣的狀況也讓我覺得新鮮，因為我和A在一起的時候，通常都是我在服務A，她某些方面是個有點大男人主義的傢伙，但搞不好我就是喜歡她這一點。

A把披薩放到桌上，我和Q就一人拿了一片，邊吃邊繼續聊起來。

「人的聯想力是非常可怕的，就算你問『凶器埋在花園裡嗎？』，但實際凶器埋在後山上，但受測者一聽見『埋』這個字，還是會馬上起生理反應。」

Q一面吃著手裡的夏威夷海鮮披薩，一邊說。

「等到確認『凶器在花園裡』是Yes時，出題者就會再進一步問：『那麼凶器是什麼呢？』，『是刀子嗎？』、『是碎玻璃嗎？』、『是剪刀嗎？』，如果受測者對『剪刀』出現Yes的反應，就再進一步問：『那把剪刀是誰的呢？』，『是被害人自己的嗎？』、『是你帶去的嗎？』、『是別人給你的嗎？』就這樣一步步逼近真相。」

「簡直就好像海龜湯一樣嘛！」我忍不住叫了出來。

「對，我一開始看到海龜湯這個遊戲，就覺得它非常像測謊。」

Q咯咯笑了起來，伸手拿可樂灌了一口。「只是和測謊不同的是，海龜湯的出題者是被設定為絕對誠實的，也就是他的肯定否定必須要是與謎面相符的。」

Q舉起一根手指。

「但說是這樣說，海龜湯還是會出現和測謊相同的盲點，那就是我最開始說的，『出題者已經知道謎底』這件事。」

「我不懂。」我搖了搖頭。

「這很簡單，你觀察剛剛A在說謎面時的狀況，首先她強調了『火柴棒』這三個字，你還記得嗎？」

老實說我不太記得，大概是我太專心在聽謎面的關係，所以沒注意到A的語氣有什麼古怪。

「我那時就想，火柴棒一定是這個謎面的關鍵，非但是關鍵，以她喜歡整我的個性，出題的時候一定盡量以誤導我為樂，所以我一聽到她強調這個字，就知道這個火柴棒肯定有鬼，至少不會是火柴棒一般的聯想。」

Q笑著說：「所以我打從一開始，就放棄去想謎面裡的主角，到底拿火柴去燒什麼東西了。」

「真對不起，我就是喜歡整你啊，萌繪*。」

「哪裡，我習慣了犀川老師。再來就是當妳問A第二個問題的時候。」

Q忽然轉向我，我嚇了一跳。

萌繪：與下文的犀川老師兩人為森博嗣推理小說中的一對偵探。

「咦，我嗎？」

「妳不是問她：『是從頂樓摔下來的嗎？』那時候A笑了一聲。在海龜湯的遊戲裡，出題者如果出現笑容，特別是A這種心胸狹窄的出題者，那絕對不會是因為妳的問題接近答案了。」

「而是因為我猜得太離譜了是嗎？唔，平常都是這樣……」

我恍然大悟，和A迷上海龜湯也有一段時間了，每次我只要越猜越遠，A就會對著我笑個不停，臉上露出又是得意又是憐惜的表情。這種時候我就知道自己問了奇怪的問題，但A這個壞坯子，每次都以看我的窘境為樂。

不過我也有點佩服，照理說和A相處比較久的應該是我才對，但Q卻很快地注意到這一點了。

「你這是犯規吧，哪有這樣設計人的。」A不滿地說。

「沒有犯規啊，海龜湯是一種互動遊戲，最初就是一群無所事事的人，在公眾場所裡想出的把戲，只要是互動遊戲，就一定無法擺脫『人』這個因素，脫離人的解謎遊戲只是單純的理論，也會變得不好玩喔！」

Q的話激起我些許思緒，事實上我也聽A說過一點海龜湯的緣起，雖然也是屬於網路傳言的層次就是了。

聽說第一碗湯就是真實故事改編的。一個從戰場上退役的軍人喝了海龜湯後淚流滿面，餐廳裡的人關心他，問他怎麼了。

那個軍人就當場出題，反問大家他為什麼會哭，但是條件是他只能答點頭或搖頭，因為軍人被限制不能洩露軍中的機密。

餐廳裡的人紛紛提問，後來謎底是軍人的父親和他一起上戰場，但因為被困在營地裡，彈盡糧絕。軍人的父親於是就殺死自己，央求好友把他的肉煮成湯，讓伙伴和兒子分食，再騙兒子那碗湯是海龜湯。

兒子當初不疑有他地喝了，多年後嚐到真正的海龜湯，才驚覺原來當年喝的根本不是這種湯，細思之下馬上明白了殘酷的真相，當場在餐廳裡痛哭失聲。

後來這個遊戲在當地流傳了下來，為了紀念這位大兵，就沿用這個故事的典故，稱這種遊戲叫「海龜湯」。

姑且不論這個故事是不是真的，但我覺得這樣聽過之後，原先單純的解謎遊戲，確實如Q先生所說的，多了許多人的氣息，這或許也是我甘心被A耍著玩的原因之一。

「那時候我聽見A笑，就知道『頂樓』這個答案一定離湯底很遠，」

Q繼續說下去。

「加上知道主角是摔死的，其實人可以摔死的地方並不多，要麼就固定的建築物，要麼就是會動的交通工具，既然A的反應告訴我建築物相去甚遠，那我幾乎就可以確定，他是從什麼交通工具上摔下來的了。」

「知道是交通工具後，之前火柴棒的提示就派上用場了，我把所有飛空的交通工具想了一輪，飛機、直升機、魔毯、滑翔翼……這裡面唯一和火柴棒有關的東西，就只有熱汽球。再接下來，只要運用一點想像力，答案就呼之欲出。」

「哈啊……」我長長吐了口氣，還在頭暈腦脹中。

「什麼嘛，原來是靠老娘我的反應，這根本就是作弊不是嗎？而且要是在網路上玩怎麼辦？」A還是很不滿。

「網路上玩也是一樣的，出題者經常會多答一些是或否以外的閒聊，從這些閒聊獲得的訊息，往往都比從答案本身得到的要多。」

Q大方地說，「我倒是覺得，要是真的像電腦程式一樣，遇見問題，只機械性地答Yes/No，那就不是遊戲，是在做方程式解題了。」

「解謎遊戲就是因為有各種變數，所以才有趣，這就跟看推理小說一樣，就算是因為推理小說的套路，『這個傢伙是個美女，還一出場就跟偵探有曖昧，肯定是凶手。』用這種方式找到真凶，也不失為一種解謎的樂趣。」

Q笑得天真無邪，我覺得他給我的印象和初次見面時似乎有些不同了。我本來以為他是個懶洋洋，對凡事不感興趣的阿宅。

但現在我竟覺得他有點像小孩子，單純得可愛。只是有時候有點脫離現實就是了。

「唉，解謎還是推理什麼的，實在太複雜了，我一輩子也弄不懂。」

我嘆了口氣，其實跟A玩這些解謎遊戲的時候，我就有這種感覺。A總是能想到我所想不到的方向，智慧的差距，在這類遊戲中最容易殘酷地被體現出來。

而現在我知道除了A以外，這世上還有比A更聰明的人。這讓我不禁覺得，自己是不是一點也不適合做這種動腦的活動，做了只是自取其辱而已。

Q安靜了一會兒，忽然說：「那我也來出個題目好了。」

我和A都驚訝地看著他，他就指著玄關問：「我的謎面很簡單，你們知道這扇門為什麼要向外開嗎？」

「向外開？門不都是向外開的嗎？」我看著Share House往內敞開的房門。

Q卻搖了搖頭，他邊比劃邊解說著。

「不是這樣的，在台灣或許比較不明顯，但在歐美國家，門一定都是向內開的，相反的，如果你去看日本人的家，他們的門則一定都是向外開。台灣的話，因為本來就是個文化混雜的地方，所以才會有的門是向內，有的門是向外開。」

「是這樣嗎……？」

我有點訝異，明明是每天面對的門，但我卻從未注意這一類的事情。

「這是海龜湯嗎？」A問。

Q笑笑。「是海龜湯啊，我出的海龜湯。你們可以用海龜湯的形式問我。」

「是因為氣候不同的關係嗎？」我馬上問。

「No，跟氣候無關。」Q一本正經地答。

「是因為建材的關係嗎？鐵門或木門之類的。」

「No。」

「還是因為日照？」

「就說跟氣候無關了，妳也要問我襪子放哪了嗎？」Q笑說。

連續三個問題答案都是「No」，原本有點輕視這問題的A，也發覺沒有想像中容易，低頭沉思起來。

「跟日本或是歐美的習俗有關嗎？」我開口問。

這回Q竟點了頭。「Yes，可以這麼說。」

我精神一振，仔細想了一下，歐美的習俗和亞洲的習俗有什麼不同，但腦子裡卻一片空白，感覺只想得到漢堡和壽司的差異而已。

「因為歐美人比較開放，所以向內開表示我家歡迎客人，日本人比較內向，所以向外開表示對外人有戒心，是因為這樣嗎？」A在一旁問。

「照你這樣說，反過來解釋也是可以啊，歐美人開放，所以對外開表示張開雙臂歡迎客人，日本人內向，所以向內開表示保護家人，這樣也可以說得通。」

Q笑了笑，A像吞了隻青蛙一樣，啞口無言的樣子，讓我和Q都笑了。

但A不甘示弱，她立刻接著問：「是因為門的形式不同？日本人過去都用紙門不是嗎？所以會習慣往內拉。」

「紙門也可以往外推開啊，我認為並沒有差別。」Q搖了搖頭。

「還是因為日本人手短，所以只能用推的，往內拉門會不舒服，歐美人手長，所以有餘裕可以向內開門。」

「這話有種族歧視啊這位太太，虧你自己還是亞洲人。」Q笑著對A說。

我安靜地想了一下，忽然靈光一閃。

「難道說……是開門的空間問題？」我叫了出來。

「Yes。」Q回答，給了我一個鼓勵的眼神。

我精神大振，繼續說：「是因為這樣嗎？日本人在室內放了榻榻米，所以沒有空間往內開門，因此習慣向外開？」

「接近了，但不對。」Q先生搖了手指。

「因為他們在玄關放了佛壇，所以不能往內開門？」A馬上接著說。

「哪個日本人會在玄關放佛壇啊？」

「有啊，我家以前就是這樣。」

「台灣人不算，台灣人的玄關可以放任何東西。」

「是因為某種經常放在玄關裡的東西嗎？」我問。

「是的。」

「是雨傘？唔，還是高爾夫球杆？」

Q又笑起來。「都不是。」我忽然福至心靈，從椅子上站了起來，

「……是鞋子？」

我感覺腦子裡有條線貫通起來，好像堵塞許久的馬桶忽然暢通一樣。

「啊……日本人的家裡，或是一些亞洲人的家裡，多半是要脫鞋子才能入內的，所以鞋子大部分會放在玄關，所以如果向內開門的話，會打到鞋子！是這樣嗎？是這樣嗎？」我忍不住衝著Q大叫起來，Q坐在沙發扶手上點了點頭。

「就是這樣，而且亞洲人的玄關通常比較小，且和家裡的地板之間有段落差，客人只能在相當狹小的地方脫鞋子，要是門向裡開的話，客人就必須一邊閃門，一邊艱難地把鞋子脫下來，所以相當不便。那麼歐美向外開的理由呢？」

「因為他們不需要脫鞋子就可以進屋子不是嗎？」A接口。

「可是這樣還是可以向裡面開啊，不脫鞋子的話，照理向外向內都沒差。」

我和A都怔了一下，確實有道理。A「唔」了一聲。

「果然是天氣關係嗎？歐美比較冷，有時會下雪，如果向外面開的話，雪會堆積在門邊，清掃不便。」

A邊說還邊從沙發上站起來，模擬開門的狀況。

「你看，像這樣往裡開的話，雪從旁邊吹過來時，就不會被門擋住，堆在門口，增加剷雪的困難。」

「這樣的確有可能，但是東京也下雪啊，不用說東京，北海道的門也多是向外開門，你想說北海道不會下雪嗎？」Q笑著說。

A一副被難倒的樣子，我卻忽然想起來。

「和歐美人習慣穿鞋子進屋這點有關嗎？」

「是的。」Q讚許地看了我一眼。

「穿鞋子進屋的話……這和歐美人沒有高差的玄關也有關對嗎？」

「是的，看來妳的小公主已經想到了啊。」Q笑著對A挑釁。

「把門往內開的理由，也是怕會打到什麼東西對嗎？」

「Yes。」

「……我知道了，是腳踏墊。」

我交握著雙手，感覺自己心口有什麼東西點燃起來。

「因為穿鞋子進屋，容易把房子裡面弄髒，所以歐美人習慣在門外放一塊腳踏墊，讓客人可以刮掉鞋子上的髒污……啊啊，原來是這樣！如果門向外開的話，就會一直打到腳踏墊，很不方便，因此歐美人才選擇把門做成往裡開。」

「Exactly，你喝到湯底了，恭喜你。」

我看見Q笑得無比溫柔。我還沉浸在喝到湯底的餘韻中，老實說過去所有的海龜湯，對我來說都太難了，幾乎都是在A不斷提醒下，我才找到謎底。那時候我腦子早就已經一團混亂，不要說喜悅，往往只有種鬆了口氣的虛脫感。

但這是我第一次，享受到靠著自己的力量，把什麼東西解開後的快感。

「很有趣，對嗎？」我發現Q先生對我眨了眨眼，我忍不住紅著臉猛點頭。

「這哪算什麼海龜湯啊。」A似乎還有所不滿。

Q就搓著手說，「沒人說這樣不可以是海龜湯啊！其實還有很多呢，像是你們知道插頭的兩個鐵片上，為什麼要有兩個孔嗎？」

我怔了一下，還來不及說話，Q閉上眼睛又說。

「還有像是為什麼斑馬線是橫的而非直的，為什麼警車下部總是黑色，卻又不全部塗成黑的。為什麼烤丸子總是三個一串、布丁總是三個一盒，為什麼信封的摺口總是要多削兩個角，而不乾脆保持完整的長方形……」

「這些全都是有原因的，而且它們全都發生在我們面前，光是開門這件事，我們每天都看著門在我們面前開開關關，但卻很少思考它們為什麼會如此。」

Q張開眼睛，我看見他的雙目閃閃發亮。

「而我認為去思考這些事情背後的原因，就是推理最初的本質和源頭，解謎絕對不是聰明人的專利，也不需要特殊的學歷還是智商，那應該是每一個活在世界上的人，都應該勇敢去做，也樂於去做的一件事。」

「那也得要像你這麼閒才行啊。」

A還是忍不住吐嘈，Q也不反駁，只是不動聲色地拿走最後一片披薩。

「發現謎題的存在，需要的是日常生活的觀察力。而去推敲謎題可能的解答，需要的是人與生俱來的想像力。在解謎的過程中，即使不斷地失敗，仍然想要追求真相、不肯放棄的那種情緒，則是人永遠不該忘記的童心。」

我還記得那時候Q的聲音，變得完全不符他外形地深邃、溫柔。

「觀察力、想像力還有童心，只要有這三項，就足以解開世界上所有的謎。」

我聽著Q的話，想起剛才靈光一閃，推測到鞋子瞬間的那種喜悅之情。雖然只是個小學生程度的謎，但說真的，經由思考，靠自己找出答案的感覺，真的很棒。

和A交往日久，我在她的影響下，也看了不少推理小說和推理劇，有些推理小說確實很有趣。

但有時候有些故事太過複雜，經常一個案子死六、七個人，光是記人名就耗盡我的腦漿，我又不像A這麼勤勞，還會拿筆把人物和地圖都記下來。有時候作者甚至還附表格給我，什麼火車時刻表，還是建築物平面圖之類的。

看A解得津津有味，但對我還有我一些不常動腦的朋友來說，常讓我覺得很累。比起累更大的是挫敗感，那種輸給作者、輸給其他讀者的自卑之情。

像我就經常聽到一些不看推理小說的朋友說：「推理小說？那種東西太難了啦，我討厭動腦。」或是自謙地笑說：「我腦袋不好，小時候數學都考不及格，要我做推理這種事，不如直接翻解答還比較快。」

這讓我想起小時候考試，總有一些小學老師以考倒學生為樂，他們會出一些上課沒有教、課本上也沒有寫的問題，等到學生答錯了，再獰笑著當掉他們。

有時我會覺得很納悶，考試的目的，不就是為了測驗學生懂得多少嗎？出一些根本不可能解開的問題，或百分之九十九以上的學生都解不開的問題，這種考試真的有意義嗎？但很多老師依然樂此不疲。

某些方面來講，我覺得海龜湯真的是一種很好的遊戲。它讓人不會懼怕動腦，不會懼怕解謎，就像數獨之於數學一樣，它讓推理變得更加平易近人。

我想起Q臨走前跟我說的：「經由觀察發現問題，經由想像力找到可能的答案，抱持著童心找到最後的解答，這樣所有海龜湯都難不倒妳。」我忽然有種放鬆的感覺，我想我應該放下推理小說，去研究一下信箱上的洞為什麼總是橢圓形而不是方形的好了。

「總覺得……我有點迷上他了耶。」有一天我還故意跟A說。

「迷上誰？那個死阿宅嗎？」A不客氣地批評，把我攬過來吻了一下。我笑嘻嘻地沒有答話，任憑A在我背後叫囂著吃醋也不予理會。

A後來在那間Share House安穩地住了下來，雖然他們經常鬥嘴，但我想他們應該會成為很好的朋友。

值得一提的是，後來我和Q先生又見了一次面，那已經是A搬進去三年後的事情了。

那時A和我迷上了一種叫「殺手」的撲克牌遊戲，那也是非常單純有趣，藏著各種推理技巧的小遊戲，總而言之就是指定一張牌的花色，再由大家抽牌，由抽到那張指定花色的人當殺手。

然後主持人會叫大家閉上眼睛，拿到殺手花色的人則張開眼睛，告訴主持人他想殺死哪一個參與者。

然後等大家張開眼睛，主持人就會公告剛剛是誰被殺手殺死了，然後請他推出殺手是參與者中的哪一個。

遊戲以殺手被人猜出是誰作結，如果一直沒人猜出殺手是誰，那這場遊戲就是殺手獲勝。這是非常考驗演技、人性還有對參與者理解程度的遊戲。

A對這種遊戲非常擅長，只要她當殺手，最後我和朋友一定死光光。她不只是個聰明人，還是天生的騙子，所以我才會一生被她騙得死死的。

「演技某些程度也是一種推理。」

A還曾經得意洋洋地跟我這樣說：「明明不是那個人，卻要演成那個人的樣子，明明不是真實發生的事，卻要假裝那件事在你眼前發生的樣子。要做到這件事，觀察力、想像力和童心，缺一不可啊，不單只是騙人而已。」

看吧，A果然是個大騙子。

A熟悉這個遊戲後，腦子很快就動到Q先生身上，我知道她自從認識這位室友後，就一直以在推理上擊敗他為畢生志業。

但是殺手這遊戲要一定人數才玩得起來，Q先生又很彆扭地不想和我的朋友一塊玩，根據我從A口中得到的資訊，這個腦子靈活的男人其實很怕見生人。

「那你就叫你的那一位帶他的朋友來一起玩嘛！」

我聽見A對Q先生這樣說，起居廳馬上就傳來Q窘迫的聲音。

「什……什麼那一位？」

「少裝了，你跟對方在交往吧？瞞不了我的啦。」

「不是妳想像的那樣。」

「少來，我上次都親眼看見他送你回家了。俗話說醜媳婦總是要見公婆，我們又不是陌生人了，遲早都要見上一面的嘛！」

「就說不是妳想像的那樣了……」

我在玄關聽著，感到有幾分驚訝，不單是Q先生這樣的人有了交往對象的緣故，雖然他極力否認，但像我這樣的笨蛋也聽得出來，Q先生只是單純害羞而已。

但我覺得除了害羞之外，他和三年前的樣子也不一樣了。怎麼說，感覺更溫暖、更有人性了一些。我想他說的是對的，人只要保持這一顆樂於解謎、樂於追根究柢的心，就會有動力不斷地向前邁進。

不過我想，這樣的Q先生，玩起殺手來，一定敵不過我那奸詐狡猾的A。

「我幫你打電話給他，你在那邊給我乖乖待著吧，有栖*。」

「妳給我住手！還有誰是有栖了？」

算了，就讓A小小的復仇一下也無妨。

畢竟現在的Q先生，一定有人會為他討回公道的，不是嗎？

—Ending—

有栖：有栖川有栖創作的火村英生系列推理小說中、主角火村的朋友，類似偵探助手的角色。

Stalker

——這是Share House許多年前的故事。

我很喜歡在捷運站、公車站附近，觀察往來的人群。

這是一件很容易讓人著迷的事情。

人在專注著做著另一件事情的時候，往往會不自覺地流露出最真實的一面。從穿著、配件、表情、速度、走路的方式，如果仔細去看的話，甚至可以窺見一個人的人生。

或許是因為太喜歡觀察路人了，有時候發現一些特別值得觀察的人，就會不由自主地起身。從那些人上車開始，一路靜靜地尾隨在他身後，觀察他的一舉一動。觀察他每一個細微的表情、每一個小小的舉止。他聽什麼音樂、看什麼樣的書。以及他想去的目的地，甚至是他住在什麼樣的地方。

往往等我清醒過來後，我才發覺我已跟在一個人身後太久。

不知道從什麼時候開始，我養成了跟在某些特定人身後的習慣。我會特別到車站去，有時坐上一整天，就為了等一個值得尾隨的目標。

我很謹慎地排除了女性，因為我是個男人，雖然看起來沒什麼危險性，但一個男人尾隨著一個女人，很容易被當成變態。我也很小心地挑白天行動，因為夜歸的人警覺心總是特別敏銳。

畢竟這樣的活動對我而言，是一種藝術。我並不想被無知的人詮釋成犯罪。

我跟過很多形形色色的男人。有時候是剛好路過的上班族，有時候是剛下課的學生。年紀有七、八十歲的老翁，也有五、六歲的小男童，牽著媽媽的手開開心心地去上幼稚園。

對我而言，這樣的活動就像是觀賞一齣電影。在尾隨一個男人的過程中，我可以看見他的喜怒哀樂、他的價值觀、他的工作、親人、朋友。有部電影叫《楚門的世界》，就是把別人的人生當成看戲的最好例子。我相信人多多少少都有這樣的慾望，只是我將它付諸於行動而已。

為了方便跟人，我經常戴著一頂厚重的毛帽，不分冬夏。腳上穿著輕便的運動鞋，加上最不令人起疑的T恤和牛仔褲，整個城市裡不知有多少像我這樣的人。

即使被跟蹤的人偶然向後一瞥，也不會發現我。長期的觀察讓我知道，人們對與己無關的他人已經越來越疏於注意了。

今天我跟的，是一個二十幾歲的青年。

看起來相當爽朗的青年。他之所以吸引我的原因，是他的指甲，男人的指甲總是不太修邊幅，我看過的男人中，從沒有像他這樣，十根手指剪得整整齊齊的，隱約還露出白色的月牙。

我猜想他是個上班族，有可能是坐辦公桌的。或許是個會計師，又或許是個公司職員。

我並不急著揭開答案，在這樣的活動中，猜謎是最有趣的事情。隨著尾隨的過程，謎題一點一點地揭開，就像一個包裹得緊緊的絕世美人，在你眼前逐步褪去衣裳一樣。那樣的刺激感任誰都會著迷，就像吸毒一樣無法自拔。

青年是在市中心的站牌下車的，那是最繁華的鬧區。他身上什麼都沒有帶，只在褲子裡塞了個皮夾，我看見他從裡面掏出零錢來投幣。

他有一張蒼白的臉，眉間集聚著一點點緊張，頭髮和指甲給人的印象不同，有些亂糟糟的。下了公車之後，他好像有點迷惑似地，站在站牌下仰頭看了一下路線圖，從口袋裡拿出一張皺巴巴的紙，怯生生地向旁邊的人詢問起來。

我趕緊閃到一旁的陰影裡。對我來說，和目標接觸是禁忌，那怕只是眼神交會也好。那是一個絕對不能侵犯的領域，就像劇作家絕對不會自己上台演戲一樣，一旦被目標發現了，我就會馬上中止這次的活動。

有時候事情太嚴重，我也會採取中止以外必要的行動。

青年和旁邊的一個OL問了一些問題，那個OL就往車站後面的一條巷子一比，青年很快地彎腰道謝。

我猜想他大概是第一次到這個地方，說不定正要去找工作，正在尋覓信上說的面試地點。啊，新鮮人，真好呢！我不禁被自己想像中那種青澀的氛圍感染，好像自己也回到那段充滿希望的日子裡。

青年手上緊緊抓著那張紙，往OL所指的巷子快步走去。他一邊走，還一邊低頭確認上面寫的東西，中途又攔下一個提著菜籃的老婆婆。

我聽見他說話的聲音，隱隱約約：

「請問……這個……怎麼走？」

如我所想像的，青年的聲音像是夏泉一樣地清爽怡人，配上那種有點緊張的語調。越來越有意思了，這一次的活動，大概可以持續相當久吧。

青年一路往巷子裡頭走，因為越走越裡面，行人也越來越少，我不得不開始拉遠距離，避免被他發現。天氣相當炎熱，青年的汗水從面貌姣好的側臉頰淌下，滴到手上被揉捏得皺巴巴的紙條上，就好像電影的停格畫面一樣的吸引人。

就在這時候，青年忽然掉過了頭。我嚇得立刻在路邊的車子旁蹲低下來。

但是他並沒有發現我，我想他八成是走錯了路，因為回頭的他十分倉徨，站在路中心東張西望，就像一隻迷路的小狗那樣。

不，或許小羊比較適合，他就像隻牧場上的綿羊一樣怯懦。

他又回頭走了幾百公尺路，我也尾隨了他走了幾百公尺。青年看起來已經開始累了，我從他走路的速度判斷，他的體力應該不是很好。

就在這時候，他的眼神忽然定了一定。

我順著他的目光看去，原來他在看路邊的一輛腳踏車，大概是因為偏僻地方，腳踏車並沒有上鎖。像小羊一樣的青年東張西望了一會兒，表情有點害怕的樣子，最後竟然走向了那台腳踏車，然後很快地騎上它走了。

呵，偷車啊。

有時候，我的情緒也會被目標干擾，雖然這很少見，我不禁有點生氣，倒不是因為他偷車，而是那一瞬間他褻瀆了我之前苦心堆砌的形象，我又得從頭追蹤、從頭猜起。不過這也是這項活動有趣的地方，可以看到很多人不為人知的面向。

他就像是個誠實的青年一樣，安然地騎在偷來的腳踏車上。有了腳踏車的他似乎重振起精神，把剛才走過的巷弄徐徐重走了一遍，然後選擇在其中一條轉彎。這讓我多費了點神，但為了確實跟好目標，稍微跑點步是難不倒我的。

青年在一幢看起來很舊的公寓前下了車，我看著他牽著腳踏車，走近公寓的大門口。大門是很老舊的紅色鐵門，這附近也都是一些舊住宅，門口的盆栽雜亂地生長著，有個白頭老翁在附近的公園翹腳看孫子玩耍。

這樣的舊社區，怎麼看都和青年的氣質不符。事情越來越有趣了。

他按了紅大門旁的門鈴，不過門鈴似乎壞了，我看了一下，他按的是四樓的門鈴。他把腳踏車先停放在一邊，又試著按了幾次門鈴，不過還是沒人替他開門，直到有個太太拖著菜籃走過來，好像是這樓的住戶的樣子，

「請問……（他很擅長這樣開頭）這戶的人……」

他把手上的紙條拿給那個太太看。太太低頭看了一眼，很快地點頭說：「就是這裡沒錯啊！」青年用細如蚊蚋的聲音又問了幾句，我躲在公園的兒童遊樂設

施後，依稀聽見太太又回答：「咦？這邊有住人嗎？」、「搬走了……會不會……」之類的句子，然後是青年失望似的嘆息聲。

果然，他是來這裡找什麼人的，而且顯然是沒有事先約好的人。說不定是很久不見的人，在信件上和他說了地址，說自己搬了家，要他哪天來玩之類的。我對自己的推理滿意起來。

那個歐巴桑好像要開門讓青年上去看看的樣子，大概是青年看起來很老實的緣故。他可是剛偷了妳家附近的腳踏車啊，太太。

兩人一邊交談一邊進了舊紅大門，我仔細想著，那個地方在四樓，直接跟著上樓實在太顯眼了，但是要我現在放棄是不可能的。

看來只能硬著頭皮上了，正當我這麼想著，我腰間的電話鈴響卻把我嚇了一跳。

那一剎那我還不知道發生了什麼事，費了很大的力氣才把意識從藝術的世界抽離到現實的自己身上。是我的手機響了。

我才一接起電話，連答腔都沒有，電話那頭的罵聲便連串而來：

「你這死小子跑到哪裡去了，又給我換手機，你以為這樣我就找不到你？又在哪裡到處亂晃，家裡都快要餓死了，你以為你家開金庫嗎？今年麵粉又漲了，時機不好你是不會看一下？生你這個兒子有什麼用？你最好給我拉緊耳朵……」

我的反應太慢了，只能怪剛才的那齣戲太過迷人，我才終於記得要把電話拿開。沒想到我換了不下十次的手機，那個女人……正確來說是把我生下來的那個女人，還能找得到我。

自從我失去了最後一個工作開始，那個女人就一直對我糾纏不休。她是一個粗鄙不堪的女人，也是我生平所僅見最貧乏的女人，只會在世俗的事物上打轉。畢業、就業、賺錢、娶妻生子，腦子裡只有這些東西而已。

她是一個即使她求我，我也不願花一秒鐘跟蹤她的那種人，跟隨貧乏的人，只會讓自己也跟著貧乏而已。

「你有沒有聽見？你聽見沒有？再給我裝聾作啞我就……」

「對不起，我很忙。」

我無言地按掉了手機的通話鍵，盤算著如何向室友借錢再去申請一個門號。不過這一耽擱，倒是讓我想到一個尾隨的好方法。

我一個箭步衝上樓梯，果然如我所料，那個男人已經在四樓了，他站在右側那扇門口，緊張從他蒼白的指節和頸後的汗水可以看得出來。我再一次確認他的指甲真的很漂亮，像月牙一般地潔白。

我假裝若無其事地從他身後經過，一路爬上了五樓。從五樓往下窺看，要比在樓下更不容易被發現，因為根據經驗，人總是不習慣抬頭仰望，特別是緊張的時候。

青年試探地敲了幾下門，不過不要說沒有人應門，我看了一眼門口，腳踏墊上都積了灰塵，根本不像有人住的樣子。青年看起來更緊張了，他絞著自己的袖子，又深呼吸幾次。我判斷原先住在這裡的人，應該是對他而言很重要的人。

後來那個樓下的太太又跟了上來，她好像是原本住在三樓的人的樣子。上來時還提了一罐麥茶，滿面笑容地問青年：「怎麼樣了？」

的確，以這個年紀的男人而言，他確實是長得相當不錯，甚至可以說是很吸引女性的那種類型。當然也包括師奶在內。

青年看起來很不好意思的樣子，頻頻向那位太太道謝。他捏緊了手上已經不成紙形的紙，好像就要離開的樣子。

我把身體傾得更靠近欄杆一點，總算聽清楚他們的對話：

「你要找的人不在嗎？」太太。

「啊……是的……似乎真的已經搬走了。」他。

「這麼說起來，我們家樓上確實是搬過一次家呢！走得時候很匆忙，沒幾天就不見人影了。」

「是……這樣嗎？」

我猜得果然八九不離十，他是來找人的，而且找的人已經搬家了。青年露出有些茫然的表情，兩眼失神地看著門的另一端，好像那裡有他畢生最重要的東西一般。

那副表情，大概可以讓天下大部份的女性生起摟他進懷裡的念頭吧！我想著。果然那位太太說話了：

「住在這裡的人，是你的朋友嗎？」

青年露出嚇一跳的表情，抬起頭來，又低下頭：

「嗯，不，是……」

「啊呀，難道是親人嗎？是媽媽？啊，我記得這裡確實住了一個和我年紀差不多的女人，好像還帶了另一個孩子。不過她碰到人都不打招呼，好像也不常出門，很不親切的人咧！啊，阿姨這樣說你不要生氣厚，她是你媽媽嗎？」

太太自顧自地說著，青年捏著手上裝麥茶的紙杯，默默地點了一下頭。

「你和你家裡人不住一起嗎？你媽沒跟你說要搬家啊？」

青年的頭越來越低，他的指尖因為過度用力，變得更加蒼白。他好像低聲說了些什麼，那個太太邊聽邊點頭。可惡，下次應該去買個竊聽器才對。

「既然是母子那就好辦啦！我跟你說，阿姨其實是這幢公寓住戶委員會的會長，要不然我幫你叫鎖匠，你可以進去看一看，有沒有你要找的東西怎麼樣？」

「請、請問……」

又是同樣的開場白，這個男人，真的是個罕見的獵物：

「我……我可不可以暫時住在這裡？」

「住在這裡？可是這裡應該很久沒繳水電費了，沒水沒電的，何況可能也沒什麼家具了……」太太顯得有點遲疑。

青年用力地搖了搖頭，他吞吞吐吐地說了一些話，因為害怕靠得太近會被發現，我只能有一段沒一段地聽。但是大致上就是他是遠道而來，是來投靠親人，現在親人不知去向，他也沒有地方住，就算要再出發也要籌足車錢。所以希望有個可以遮風避雨的地方，即使只有一兩晚也好。

我知道他在說謊。尾隨一個人另一個有趣的地方，就在於讓你發現世人是多麼表裡不一，在家裡和母親和氣地道早安的乖學生，到了學校卻押著同學勒索。在街上攀爬乞騙零錢的賣貨郎，回家卻搖身一變，對妻子大呼小叫。

我還曾經看過一個公司的主管，下班後的嗜好是去小巷裡脫褲子給女學生看。沒有什麼比觀察這些轉變更有意思的事情了。

我看著太太打電話叫鎖匠，一邊耐心地思索：首先，這個青年不可能是遠道而來。他沒有帶任何的行李，甚至連雨具也沒有，他的樣子，就像是搭市內公車從某個地方坐到這個地方而已。

除此之外，他也不是如他所說連車錢都籌不出來。我在車上瞥過他的皮夾，裡面還有幾張鈔票，坐火車到台灣另一端都綽綽有餘。

但是他為什麼要說謊呢？我一步步推敲著。他之所以要裝成這麼落拓的樣子，最大的目的就是住進這間屋子裡。但是這間破房子，顯然不值得人大費周張說一堆謊來騙人，他要住進去，一定是為了某些特殊的原因。我猜想是為了曾住在屋子裡的人。

那位太太還是被說服了，鎖匠替他們打開了門。青年相當感激地看著太太，還用那雙修剪齊整的手握緊她的手，用力地低下頭來，惹得那位太太咯咯笑了：「哎喲，舉手之勞而已，幹麼這麼客氣呀。你要不要棉被？」

事到如今，我也不能按兵不動了。青年進了屋子之後，我也從四樓下來，心中盤算著繼續觀察的方法。跟進屋子裡當然是不可能了，一直像根木頭似地杵在這裡也不是辦法，遲早會被人發現。我也沒有隨身帶閉路攝影機之類的東西。

我咬著指甲思索著，冷不防手機又響了起來。我本來以為又是那個女人，想接起來罵聲髒話馬上掛斷，但一看手機才發現是我的室友。

他是我電話簿上唯一記錄的名字，其他的朋友，都是一些會為了一、兩萬元借款和我翻臉的爛傢伙，我早早就把他們從手機連同記憶裡刪除了。

「嗨，Stalker！」

手機裡傳來我室友明快的聲音，他一接起電話來就這麼叫。

「呸，我是行動藝術家！」我說。

「是是是，真是失敬了。」

「有什麼事？我正在忙。」我冷冷地說。

「你這幾天怎麼都不回來Share House？」

「這不關你的事吧，我只是跟你合租房子，不是認你做爹。」我說，「有事就快點說，我很忙，我要掛斷了。」

「沒什麼大事，你房間的床可不可以借我和我身邊這個女人用？」我室友問，手機裡傳來嬌嗔的女聲。他有點無奈地補充：

「我的床上已經有人了。」

我心裡明白，他所謂的已經有「人」了，指的是另一個女人。正確來講，是另一個不會動的、已經冰冷僵直的女人。所以他現在要跟另外一個還會動的女人用我的床，有時候也會跟男人。

這是我室友的一點小毛病，老實說我並不是很在乎，只要他妥善清理乾淨就可以了。這個城市的人們多多少少都有自己的一點小毛病。

「可以。不過，我有條件。」

不過這通電話真是及時雨，我走到舊公寓的外頭，向公園另一頭看去，就在差不多對面的位置，有個大大的「廉售」招牌，塗成醒目的鮮紅色。

「什麼條件？」

「我要一副遠距離的長筒望遠鏡，要有夜視功能的，還有睡袋和足夠的水。」

「沒問題，小意思。給我地址，我馬上請快遞送過去。」室友熟門熟路地說。

「另外，有間公寓，麻煩你幫我買起來，可能的話今天之內弄到鑰匙。」

我看著那塊彷彿伊甸園蘋果般鮮紅的售屋牌子說。我的室友吹了聲口哨。

「喲，這次玩這麼大？」

「少囉唆，到底要是不要？」我沒好氣地說。

「錢辦得到的事情都好說，包在我身上。現在我可以用你的床了嗎？」

「隨你便吧，反正我有一段時間不會回去了。」

我報了地址，隨即掛斷了電話。天氣還是很炎熱，太陽已經下山了，我不知不覺竟有點亢奮起來，我已經很久沒有這種情緒了，為了有趣的目標而興奮。我已經決定了，不管花費多大的精神，這次我一定要追蹤到底。

我的室友不愧是我生平少數幾個看得起的人，我在舊公寓的樹蔭下等了三個小時，就有個小弟模樣的人騎著摩托車靠近我，車後面載著一個大紙箱。

我興沖沖地簽收了那個紙箱，打開一看，裡面除了我要的望遠鏡和睡袋之外，我的室友還貼心地準備了一大包的食物和水，看起來夠吃一、兩個禮拜左右。睡袋裡還夾了一個老式的電池收音機，旁邊掛著我夢寐以求的鑰匙。

我像個等著要糖吃的孩子一樣，三五並步衝上那間對面的公寓，用鑰匙打開同樣陳舊的大門，打開面對公園的窗戶，把望遠鏡架了起來。

不出所料，剛把眼睛湊上去，我就滿意地笑了。這個位置真是太剛好了，透過望遠鏡，可以看到青年那間公寓裡的情況。該感謝那個家沒有裝窗簾，只裝了鐵窗，我從望遠鏡裡看見青年一樣青澀的面容。

看來連老天爺都來助我一臂之力。

青年在客廳裡的沙發上坐下，但很快又站了起來，不停地搓著手，看起來坐立難安的樣子。

我打開一包餅乾和礦泉水，拿到望遠鏡旁邊。過了一會兒，他又站了起來，這次是往室內走，我有點緊張，如果他繞到後面的臥室去，我就沒辦法繼續觀察他了。那間公寓並不大，是間一房一廳一衛的小公寓，客廳和廚房是連通的，除了臥房和廁所，其他地方我都可以用望遠鏡看得一清二楚。

不過還好，他進了臥室一下，很快地又走了出來，手上卻多了一樣東西。

我把望遠鏡的焦距拉近，近距離觀察他每一個細微的反應。他手上好像是一張相片，我努力地調整角度，還是看不清楚照片的內容，依稀好像是一個婦人，旁邊還站了一個比青年年紀略輕的少年，兩個人似乎都在對著鏡頭微笑。

我想起那位太太的話。這兩個人，應該是這間屋子原來的住戶吧！

青年用兩隻手用力地捏著那張相框，半晌用指腹摩挲著，他好像很在意那張照片似地，他看著、看著，竟然低頭吻了一下照片，然後喃喃自語了些什麼。我真應該向室友順便要個竊聽器的。

他把照片隨手擱在茶几上，又緊張兮兮地站了起來，像剛才一樣在屋子裡東摸西摸。從高清晰的夜視鏡頭裡，可以看見他的手微微發抖，房子裡的家具大多都還在，只是都積了厚厚一層灰塵。他毫不在意地撫摸著、磨擦著，越摸他的手就抖得越厲害。

過了一陣子，他忽然在茶几前跪倒下來，用顫抖的手蓋住自己的臉，他的胸口起伏得很厲害，像在大口地吸著屋子裡的空氣。他不斷地、不斷地以不正常的頻率呼吸著，然後整個肩膀抽動起來。我想他八成是在大哭吧。

那天晚上倒是沒再發生什麼讓人意外的事。青年哭了很長一段時間，抬起頭來時表情明顯輕鬆了一點，只是臉也好嘴唇也好都很蒼白，唇角卻帶著一絲我難以理解的、甚至是有點詭異的喜悅。我想剛才的行為，一定滿足了他某種我現在還猜不透的心願。

樓下的太太還真的很熱心地送了棉被上來，青年把它鋪在客廳的地上，就這樣睡了。

我也有點累了，就把自己裹進睡袋裡，但是我的情緒非常高昂，根本睡不著覺，我很想找個人抓著他的肩膀，跟他分享此時此刻這種獨一無二的心情。像我這樣的人是很孤獨的，沒有人了解我。但或許是我自己也不願意讓人了解也說不一定。太多人的理解，有時候是對藝術的一種褻瀆。

青年一直都沒有離開。他比我想像中待得還要久，不知道是用什麼方法說服了樓下的太太，他竟然就在四樓的屋子裡住了下來。

從他和鄰居的對話裡，我知道他的名字好像叫「寰宇」，很氣派的名字，和他那種容易緊張的個性一點也不符。

他很少出門，我想這是他皮膚如此蒼白的原因，大多數時間他都待在那間屋子裡。但也並未做什麼有建設性的事，他只是像第一天一樣，撫摸、甚至可以說是愛撫著裡頭的家具，積月的灰塵都差不多被他抹掉了。

他每天都一定會做一件事，那就是把那張照片拿起來，像親吻情人一樣地吻著。睡前會吻一次，有時候早上起來也會吻一次。

那間屋子裡沒有水，所以他都去樓下向太太借浴室。

太太也很樂意的樣子，洗完澡後，他會穿著短褲，露出白皙的大腿和肩膀，用浴巾擦著頭髮，滴著水一路走回四樓的房間。有時候衣服沒乾透，他就乾脆光著上身溜回四樓的屋子。他是個愛乾淨的男人。

我坐在望遠鏡前推敲著。這樣看來，那屋子裡住的人，對他而言必定是很重要的人，有可能是那個婦人，也有可能是那個小他幾歲的少年。

大概是第四天的夜裡，我一邊拿著樓下便利商店的麵包啃著，一邊有一搭沒一搭地窺看著對面。這幾天我開始覺得有點差不多了，或許他真的是個來找人找不到，就發神經賭氣住在裡頭的神經病而已。

但是我的尊嚴不容許我就這樣放棄，至少在弄清楚真相之前，或是目標變得毫無價值之前，我都不能擅自終結這幕戲。

我和那些喜歡半途而廢，僅憑一樣東西表面的價值就隨意替人判死刑的世人不一樣。執著在這樣的活動上是很重要的。

那個叫寰宇的青年坐在鋪在客廳的床墊上，他的表情有點茫然，眼睛像我第一天看見他在找路時一樣，充滿彷徨和無助。

然後他又拿起旁邊的相框，我以為他又要吻照片，但是他卻把照片放在他的跨間，然後側躺了下來，閉起他那雙有著長長睫毛的眼睛。

在毫無預警之下，他開始脫起他的長褲。我立刻直起了身子，他慢慢地褪下長褲，慢到像電影的慢動作鏡頭一樣藝術，褪到腳踝時就停了下來，任由長褲的一端掛在腳踝上。然後他又用一樣慢的動作把手伸到內褲上，先是緩緩地、用令人心焦的速度搓揉著，而後漸漸地加快起來，他的指節清楚地描繪出內褲下器官的形狀，鉅細靡遺。

我發覺他的眼睛其實是打開著的，只是朦朧地瞇成一線而已。他凝視的對象正是那張照片，那張照片裡對著鏡頭笑的少年。

「啊……………」

他的嘴型彷彿發出那樣的呼聲，然後又用同樣慢條斯理、帶點怯懦的動作，把紅色內褲的褲頭一圈圈抹了下來，動作遲疑到好像脫內褲的不是他自己，而是另一個人似的。他把褲子褪到大腿上，又抖動著腿任它滑到小腿上。

他開始把自己的手覆蓋到自己的器官上，我本來以為今天大概要欣賞一場手淫秀，這是我始料未及的發展，但倒也不壞。做為一位旁觀者，無論發生什麼事情都要觀賞到底，這是這個活動的原則。這是一場無所謂意外的長戲。

但是青年只是搓揉著、挪動著，他把腿打得很開，開到連我都覺得有些不好意思的地步，因為很少看到男人這樣子敞開大腿迎人。

然後他以極緩慢的速度挺起腰身，手指滑過跨下的弧線，在我的注視下滑進了身後的小口。

一開始似乎不大放得進去的樣子，而且顯然會痛，他的眉頭微微地擰了一下。他的手臂就夾在兩膝間，腰懸空在床墊上，彷彿用盡畢生的力氣般，堅定地把手指送進了裡頭，疼痛讓他半露的肚皮筋攣，甚至可以看見側腹淌下的汗水。

我看見他遙遙望了眼放在床墊旁的照片，開始抽動起自己的手指。

「嗯……嗯……」

似乎可以從緊抵到蒼白的唇間讀出這樣的聲音。

我屏住了氣息，不敢錯過任何一個細節的轉折，全神貫注地盯著望遠鏡。他壓根不像是在享受，同樣身為男人我也明白這樣絕對稱不上好受，但他卻像個執拗的孩子般，痛苦著又持續著，持續著又痛苦著，執著於那個單調的動作。

他的身體蜷縮成團，好像回到母胎裡的嬰兒。我漸漸看不清楚他的隱私部位，直到他忽然全身顫了一顫，整個人像是虛脫似地癱倒在床墊上，他喘息得很輕微，像即將不久人世的病人，兩眼失神地望著天花板。

「寰……宇……」

我讀著他的口型，他在呼喚自己的名字，或是代替某人呼喚著自己的名字。他的跨間全溼了。

我把眼睛慢慢地移離望遠鏡，坐回室友為我準備的童軍椅上，扭開瓶口喝了一口水，我的腦子有一瞬間的空白。低頭才發現自己已經勃起了。

後來每天晚上，他都做同樣的事情。把照片拿到床邊，用唇親吻他，然後開始褻瀆自己的身體。他總在洗澡後辦事，帶著一身的疼痛和髒污入眠。

觀察進入第十天的晚上，我接到室友的愛心包裹。

大概是看我太久沒回去，他也敬佩起我的敬業精神，這次快遞小弟送來的是一綑六瓶裝的啤酒，附上開罐器，送到的時候還是冰涼的。

我的室友真的是個好人，要不是他是個戀屍癖，我還真想告訴他我愛他。

我在入夜時開了一罐，把其他的丟進睡袋裡，畢竟我不能因為喝醉而錯過任何一個珍貴鏡頭。我一邊任由冰涼的啤酒滑過喉嚨，一邊轉開那台中古收音機。

FM播放著社會新聞，這個城市裡的新聞總是千篇一律：無良逆兒殘殺八十歲老母親，只為了不肯拿錢給他買毒品。越南新娘不堪丈夫長期虐待，怒而拿刀閹割。訓導主任性侵未成年女童，家屬怒告學校……千篇一律。

所以我說，這個城市裡的人多多少少都有點小毛病。

新聞過後是社會論壇節目，就是一些無所事事的人就些他們不了解也不想去了解卻自以為了解的事情大放厥詞。

不知為什麼講到Stalker的議題，好像是就最近才發生不久的一件案子在討論。有個人在路上看到一見鍾情的對象，從此就開始瘋狂地騷擾他，寄信也好、打電話也好，那個瘋子把對方的一切資料都查了出來，甚至每天跑到他家樓下等，被害人搬了幾次家都沒用。類似這樣的新聞，每隔一陣子就會聽到幾件。

我不認為自己和他們是一夥的。應該說，我不認為有任何人可以了解我的行為，再擅自把我歸到某一個族群，然後加以評論。

我和他們並不相同，的確我對自己跟隨的目標懷有某種情感，那是你窺視一個人的隱私時必定會出現的情感。但是進一步那就不行了，控制不住那種情感，讓他失控暴走的人，是沒有資格享受這種藝術的。

可惜清醒的人實在太少了。

我想起我的室友，他總是和一些瀕臨崩潰的人交往，看到他的「女友們」、「男友們」，你都會由衷感到像這樣的人還活在世界上真是不可思議。

被菸被酒搞壞身體的、吸毒吸到身上沒有完好的地方插針的、墮胎墮到下體從來沒有停止流血的。而我的室友是這世界上唯一對他們好的人，也是最後一個對他們好的人。他給他們無微不至的照顧，像死神的恩惠般給予他們最後的溫暖。

他們最後一定都會死，室友從來沒有看走眼過。跳樓也好、仰藥自盡也好、被醫院宣告不治也行，總之最後的結局總是一具冰冷的屍體。

室友總會弄到他們的屍體，把他們帶回家裡，而他的戀愛也從那時開始。

看到室友那樣活著，就會覺得自己是個正常人。不是嗎？有些人也是這樣看我的，這城市裡的每個人都太害怕自己不正常，所以不停地在尋找比他們更不正常的人。

我慢慢地飲盡酒瓶裡最後一滴酒。

隔天夜裡，事情有了變化。

那個青年也非完全足不出戶，他有時會到外頭去。樓下的太太有時候會送些剩菜來給他，但不是每天，所以他也不能每天窩在家裡。

那時我就會離開對面的公寓，小心地尾隨在他身後。

他連出門也是那副畏畏縮縮的模樣，大熱天的，他卻穿著一件厚長的外套，我從望遠鏡裡看到，他是從衣櫃裡拿出來的，尺寸比他身材要小了點。他總是這樣悶著頭，沿著公園的邊緣步行到巷口的便利商店。

我假裝顧客跟著他進門，他也沒買什麼太特別的東西，大概就是一些礦泉水、麵包和衛生紙之類的必需品。他沒有買過酒，也不吃洋芋片之類的垃圾食品，對架子上的包膜八卦雜誌瞥也不瞥一眼。我想他小時候家教一定很好。

那天晚上，他像往常一樣買了那些東西。他很環保的沒有要塑膠袋，把東西兜在大衣裡就往外走，我也趕快裝作沒找到想要的東西，跟著他快步走出便利商店。

靠近公寓樓下的路燈好像壞了，一閃一閃的，光線也變得模糊不清。他走了一段路，忽然停下來看了一眼路燈，又微微側了側頭。我以為他發現我了，趕快又退回便利商店裡，從玻璃櫥窗裡遠遠觀察他。

但是他顯然沒有注意到我，他又往前走了幾步。就在這時，冷不防有個人影朝他撲了上來，我和他都嚇了一跳。

「找到你了！找到……你了……」

因為距離很遠，我不是很能看清楚那兩個人的動作。但是從背影看得出，忽然冒出來的是個上了年紀的男人，少說也有四十多歲了。

青年看起來相當驚恐，一下子退到牆邊，懷裡的食物都掉了一地。那個大叔沒有放過他，大叫大嚷著不曉得什麼便朝他抱過去。我趕快從便利商店裡跑出來，繞到公園的另一端，爬上一層樓高的溜滑梯，從那裡可以很清楚地看到兩人的互動。

大叔抱住了他不放，我看他八成喝醉了，我見過太多醉漢，腳步也很不穩。他死命地摟緊了青年，像抱孩子一樣靠得緊緊的，還試圖用他酒氣沖天的嘴親吻青年的額頭。

青年的臉色白得像紙一樣，靠在牆壁上一動也不敢動。我聽見那個醉漢叫著「寰宇……小宇……找到你了……」之類的話。但是青年像是第一次和他見面的樣子，他死命地躲開醉漢親密的吻，一腳踏扁了他剛買的麵包。

但是醉漢鍥而不捨地靠了上去，青年低低地叫了一聲，往旁邊停著的車躲去。醉漢撲了個空，差點撞上轎車的玻璃。

青年開始急速地喘息起來，就像他在自慰時的喘息一樣，額角佈滿了汗水。醉漢卻在笑，不知為什麼他脫起自己的外衣，露出裡面的白色汗衫。青年喘得更厲害了，他蒼白的頸項微微顫抖著，試探地退了一、兩步。

醉漢晃著手臂，對著他笑了一下，張開兩臂又抱了過去，口裡喊著：「找到了，抓到了！」青年在轉身逃走的時候拐了一下，整個人和衣倒在地上。他的眼睛在夜裡睜得老大，嘴唇不自然地顫抖著，我分不清他是在喘氣，還是在乾嘔。

這時候醉漢又撲了上來，壓在他身上，青年就一動也不動了。

我從溜滑梯上的另一端溜下來，換了一個角度。我自己也很緊張，就像在戲院裡看戲看到緊張橋段那樣。

我把自己調整到最好的角度，直到能同時看到青年和醉漢的動作。青年真的一動也不動，既沒有喊叫，也沒有掙扎。與其說是嚇傻了，不如說他陷入了某種奇妙的狀態，那種狀態，和我看見他撫摸家具時很像，但又不完全是那樣。

醉漢開始脫青年的衣物，他扯飛他的外套，開始解他上身的白襯衫扣子，他的鎖骨全是汗水，胸口像擱淺的魚一樣起伏，但是眼睛卻完全沒有聚焦在醉漢的身上，有一瞬間，我還以為他在看天空，在看被滿月照耀得一片燦爛的夜空。

「很好……很好……好乖……」

「這麼久沒見，小宇還是一樣乖……」

我依稀聽見醉漢這樣的碎語，他一面說一面脫。青年還是沒有動，醉漢把頭貼在他赤裸的胸膛上，好像在傾聽青年的心跳聲，從心臟的位置開始，逐漸往上移。

醉漢靠在他的耳邊，不曉得說了些什麼。青年又開始急喘了起來，他們的影子糾結在一起，直到醉漢的背完全覆蓋了青年的表情。

然後我就聽見醉漢的悶哼聲。等我再次找到適當的觀戰位置時，醉漢已經倒在轎車旁的柏油路上。青年手上拿著一根鐵棒，好像是附近的車拿來卡住車輪以免往下滑的。

從這個距離無法判斷醉漢的情況，但是他一動也沒有動，甚至也不知道他死了沒有。青年全身都在抖，拿著鐵棒的手卻很堅定。他對著醉漢一動也不動的身體，又用力地打了兩下，停一下，又再打了兩下，再兩下。我隱約聽見骨頭斷掉的聲音。

青年丟開了鐵棒，但很快地又撿起來，像是揣便利商店食物一樣把它放進大衣裡，再連大衣一起穿上。他往路燈的方向跑了幾步，像是爬蟲類一樣地跪下來，跑回掉落一地的食物那裡，用極快的動作把它們都掃到懷裡，再撿起自己被脫掉的上衣。

他用同樣的姿勢向公寓的方向衝了幾步，才忽然想起自己是會走路的人類似的，直起身子來。他像隻猿猴般回頭，這時候目光總算對上了地上的醉漢。

我遠遠地看著他，他似乎在考慮什麼事情似地頓了一下，很快地跑回醉漢的身邊，伸手往他的褲袋裡摸去，摸了半天，又換摸他的外衣內側，這次總算摸出了一個皮夾似的東西，他用顫抖的手快速地翻了一下，把裡面的鈔票抽出來，飛快地塞進大衣裡。

好了，接下來要怎麼辦？我的思考在那瞬間似乎與他同步了。

他維持那種猿猴也似的姿勢呆站了一會兒，然後終於挺直了腰桿，像個堂堂正正的男人一樣。他像往常一樣攏起滿懷的食物，往舊公寓的大門走去。

我趕快衝回對面的公寓待命，樓梯間也有窗戶，從那裡可以看見他用往常一樣平靜的步伐走上三樓，他按了鄰居太太的門鈴。

「啊呀，這麼晚了，發生什麼事了嗎？」

我從太太訝異的神情，好像可以讀出這樣的對白。

青年用蒼白的臉孔，露出和第一天一樣怯懦溫和的微笑，我看到他從懷裡掏出了一盒剛才在便利商店買的小蛋糕，交給滿臉驚訝的太太。

然後他又在褲袋裡摸了一陣，把剛剛才從醉漢那裡扒來，現在已經皺巴巴的鈔票，整疊按到了那位太太的手上。

「不用客氣，這是答謝您這幾日的照顧。」

「我過幾天就要走了，親戚已經寄了錢過來，這些日子真的很謝謝妳。」

我不用仔細地讀唇語，就可以猜出他說了那些話。

太太看起來很感動，要是我把焦距再對準她一點，說不定還可以看到在她眼眶中打轉的淚光。總之在幾經推辭後，她收下了錢和蛋糕，握著青年剛剛還握著鐵棒的手話別了很久，最後才關上了門。

令我有點意外的是，目送著太太關門後，青年卻又下樓來。

他像是散步一樣地走到依舊倒地不起的醉漢身邊，好像偶然遇見路倒的不幸人士一樣，他彎下腰，把醉漢的手扛上肩膀。看不出來他瘦瘦弱弱的，竟然還挺有力氣，就這樣一路把醉漢扛回了四樓的屋子。

我把望遠鏡的焦距對準青年，他把醉漢一路拖進客廳，就這樣把他擱在沙發上。

他把懷裡的食物和鐵棒放在茶几上，重新穿起了上衣。然後就像沒事人一樣，躺回他睡覺用的床墊上，我看見他依舊拿起了那個相框，迷戀似地親吻著他，做了和往常一模一樣的事，最後沉沉地在醉漢一動也不動的身體旁入眠。

我在確認他睡著後悄悄下樓去，走到剛才發生衝突的角落。牆角下委頓著一個紅豆麵包，是剛剛被青年踩扁的，紅豆餡全被擠了出來，弄得黏黏的，紅得像血一樣。

我把麵包從地上撿起來，望著公寓的方向。這點程度的干涉，還在我容許範圍內。

我已經不再猜青年的行為舉止了。就像看到一場太精彩的電影，你總會忘我地不去推測後面的劇情，只滿心地等待導演如何把故事說下去。

不過我只知道，他大概不會再在這裡待太久了。

果然如我所料，大概從第二天起，青年開始收集起那間屋子裡的東西。從積了灰塵的衣物開始，然後是廚房的鍋碗瓢盆，連堆在角落的舊報紙，他都一張一張拿起來檢查。拿到鼻尖前一一嗅它們的味道，再把它收進不知那來的旅行袋裡。

他對每一樣東西都很小心，就像是在珍惜什麼得來不易的寶物。每當他收起一樣東西，臉上就會露出當初他在問路時，那種誠惶誠恐的表情，絲毫看不出來和昨晚恍惚行兇的人是同一人。

他把屋子裡的東西，都裝在便利商店買來的塑膠袋裡。他一共買了五、六種顏色的垃圾袋，他小心地把各種家用品分門別類，再小心地放進垃圾袋裡，等放滿了就堆到自己身邊。從望遠鏡的鏡頭看過去，看起來就像是什麼慶典一樣。

那個醉漢的身體始終靜靜地躺在沙發上，像在海灘上晒太陽一樣的平靜。從我從室友那裡多年觀察的經驗，他八成已經變成室友所愛的那種人了。

事到如今，我也漸漸推斷出了幾個結論。

我認為這個叫寰宇的人，一定是很久以前，曾經在這間屋子裡居住過的人，或者至少是曾經來過這附近，甚至到訪過這間屋子的人。

只是不知道為了什麼原因離開了一陣子，回來以後，他才發現人事全非，無法接受之餘，就懷著某種執念，在這間屋子裡住了下來。

我想他對這間屋子，以及這間屋子裡的人，一定有著一段非比尋常的故事。光看他那些怪異的舉動，就知道他對這間屋子，又或者是曾經住在這間屋子裡的某個人，有著旁人難以理解的、深刻的某種情感。

我把望遠鏡調得偏亮一些，青年還在持續搜刮家裡的物品。我繼續思考著。

但是這樣還是有許多問題。第一，如果曾經在這屋子裡的人，對他來講這麼重要的話，為什麼他只是住在這裡，而不是進一步地去尋找那些人的下落？

第二，那個相框裡的人到底是誰？那個比他年紀略輕的少年，雖然用望遠鏡不是看得很清楚，但很明顯的並不是他。那是一個看起來很陽光、充滿朝氣的男孩子，四肢都充滿了活力。和眼前這個怯懦、蒼白到有些病態的男人全不相同。

是情人嗎？那麼那個現在躺在沙發上的大叔又是誰？

我懷著滿心的疑惑，在空蕩蕩的房間裡走來走去。室友送來的乾糧和水，已經吃得差不多了，但我一點食慾也沒有，滿腦子都是青年的影像。他的眼神、他的眼淚、他的動作、甚至他的每一根手指、每一根被汗水浸濕的頭髮，都能輕易地勾動我的注意。

這種感覺跟戀愛很像，但更為瘋狂。我已經停不下來了。

那天夜裡，他開始修剪起自己的指甲。

這是我尾隨他近兩個禮拜以來，第一次看見他修指甲。

他用從屋子裡搜到的指甲刀，盤腿坐在地上，那張照片依舊立在他腳邊。他就這樣安靜地坐著，全神貫注在自己月牙似的十指上。

他先用指甲刀剪，一根一根，從左邊剪到右邊，再從右邊修飾回左邊。然後用小剪刀修邊，剪去稜角的部份，又剪去指頭旁多餘的死肉，直到十指指甲齊整得像是機器切割的一樣，他再用剉刀慢慢地磨光指甲的邊緣。

他一共剪了快兩個小時，連我都不禁佩服他的耐心和毅力。

最後他把手臨窗舉高，一邊轉動一邊檢查著。月光下，他的指甲像貝殼一樣白晰漂亮，就像我第一次見到他時那樣。然後便好像完成什麼畢生最重要的事情一樣，咚地一聲倒回床墊上，我彷彿可以聽見從他唇邊逸出的幽幽嘆息。

令我在意的是，他從幾乎搜刮得一空的茶几下，拿出了一疊白色的東西。遠遠看過去，好像是信紙之類的物品，是他剛剛從臥室裡清出來暫時擱在那的。他坐在地上，安靜地翻了一下那疊信紙，半晌竟露出一抹若有似無的笑容。

他把那些信紙連同那個相框，一起拿出了門，我趕緊把鏡頭對準外面的樓梯間，但他只是走到樓下去，打開了屬於他那個樓層的信箱，把兩樣東西都放了進去，又把鎖虛扣了起來，然後悠悠地晃回四樓的房間。

那天晚上，他沒有看著照片自瀆，在五顏六色的塑膠袋環繞下，像個滿足的孩子一般交握著兩手沉沉地睡了。

確認他睡著之後，我悄悄地關掉了望遠鏡，穿上外衣，回頭望了一下，又從室友寄來的工具箱裡拿了一支細的螺絲起子，安靜地下了樓去。

我很快地穿過公園，來到舊公寓的一樓。夜已經深了，整個老式的社區寂無人聲，我走到大門旁邊舊式的分格信箱前，找到了屬於青年的門牌號碼。

窺視目標的信件，這種事情我還是第一次做。雖然說某些方面來講，這也在觀察的活動範圍內。但是過去我從來不曾做到這種地步，而且以往總是跟蹤個兩三天就差不多了，像這樣持續觀察一個人這麼長的時間，對我而言也是種新鮮的經驗。

我自己也說不上來，這個青年確實有某種特殊之處，是和之前的目標不相同的。但是究竟不同在那裡，我卻也說不出個所以然來。

我用螺絲起子撬開了青年的信箱，裡頭的信件和相框立刻掉了一地。我趕緊脫下外衣來兜住，還小心地看了一眼四周，避免有夜歸的人發現我詭異的舉動。

裡頭除了青年剛放進去的東西以外，大多是廣告信件，還有一些水電費的最後通諜，還有一些公益團體的通知之類的公關信件。

我把相框放回信箱裡，再把信箱虛掩好，將那些信件通通抱回我的公寓，在地上一封一封分門別類，發現青年放進去的那幾封信，都是從同一個地方寄來的信，而且署名的人也都一樣。

寰宇。

那是寰宇寄過來的信。

我就像個耶誕節等著拆開禮物的孩子一樣，我的心跳得飛快，拆開信封的時候，手甚至還有一點顫抖。信的收件人也都一樣，是一位叫「王月霞」的女士，看起來就像普通的中年大嬸會有的名字。

我把信小心地從原本的開口拆開，再把有些泛黃的信紙抽了出來。看得出來拆信的人很珍惜這些信，連拆口都是整整齊齊的。

王月霞的身分很快就清楚了。因為每一封信的開端，都是「媽，妳好嗎？」，要不就是：「媽，好久不見。」，有的也會寫一些關於季節變化的問候，但開頭的稱謂都是一樣。看來這些信，是不折不扣的家書。

字的筆跡相當奔放，感覺是有點不拘小節的人寫的，信末都有註明時間。我便按著時間順序，將幾封信挑了出來。

媽，好久不見，我是寰宇

最早一封信的開頭這樣寫著。

我在這裡很好，店裡的師傅還有大哥大姊們都對我很親切，果然不愧是媽媽妳曾經待過的美容院，大家都是好人。負責指導我的師傅技術也很好，雖然不像城市裡的美髮理容院那麼時髦，但是給人的感覺很誠懇，和客人們的關係也都很親密。我感覺自己好像可以學到很多東西，美容也好、待人接物的方式也是，我很高興。

前一年都沒有辦法拿到薪水，媽，如果妳在那裡生活有困難，一定要跟我說，我可以在旁邊的餐館兼工，反正我晚上也很閒，真的。

寰宇

我把看過的信放到一邊去，又繼續往下讀。下面是幾封關於他學徒生涯的描述，大抵就是學了哪些新東西、遇到什麼挫折然後又怎麼克服，再來就是一些關於客人對他很好的事情。看得出來他很在意他母親，滿紙都是自我犧牲的謊言。

我快速瀏覽過這些信件，心裡有點意外。沒想到現在還有這麼傳統的理容方式，學徒和師傅的制度，在二、三十幾年前最盛行不過，但現在早已被速食又拜金的資本主義經營方式所取代。客人的頭臉就像罐頭工廠的桃子，而理髮和理容師就像機器，輸送帶啪地一聲過去，什麼型號任君挑選。

太貧乏了，無論人或是制度都是。

而且現在還寫這種紙筆信，而不用電腦的人，也越來越少了。看來這個寰宇，還是個意外傳統的傢伙呢。

然而下一封信，卻出現了令我在意的事：

……（前略）媽，師傅說，我可以開始替客人理髮了。雖然只是洗洗頭這樣的小事，但是我心裡還是很高興。

客人們好像都還滿喜歡我的，我想是因為我還年輕吧，所以客人們總是對我比較寬容，真的很感激他們。

不過，還是有一些比較奇怪的客人。就像今天下午我遇到一個男客人，他一看見我，就一直盯著我的臉看，就連我叫他躺下來我好幫他洗頭，他也不理會我，只是轉而看著我的手。我幫他洗完頭之後，他竟然說希望我幫他剪指甲，我怎麼跟他說不行，他都像沒聽到一樣，硬是要我幫他剪。

後來還是師傅出面勸說，說派老練的師傅替他修指甲，他才好像勉強接受了。媽，這世界上真是什麼人都有呢！

很想媽，希望下次休假的時候能湊足錢回去看妳。

寰宇

我抓著信紙往下看，那封信是半年以前的信。我的腦子亂成一團，心跳卻不可思議地異常平靜，本能地又拿了下一封信繼續讀下去：

媽，現在已經是秋天了，妳有好好地穿衣服嗎？請不要感冒了。

我在這裡過得很好，請不要寄錢過來，我真的不需要，媽。如果妳寄錢的事情被爸爸知道了，他一定又要回家來拿錢了，我不在你身邊，爸爸這種人，誰知道要不到錢時會做出什麼事呢？所以妳千萬不要再冒險做這種事了，我在這裡三餐都有師傅的家人照應，一點都不會挨餓受凍。

在這裡的工作逐漸上軌道了，師傅說，下個月開始我就可以獨立地處理一位客人了，這真是令人興奮的一件事。

啊，對了，還記得我上次和媽說過的那個怪客人嗎？結果後來他又跑來店裡了。他好像知道我不能為他剪指甲的事情，所以很安分，也不再纏著我替他理容。

不過，他給其他師姐剪頭髮的時候，總會一直盯著我看，雖然說很多女客人也會這樣做，但是不知道為什麼，我對這位客人的視線特別不安。我想是我還不夠成熟的緣故吧！

總之，千萬不要再寄錢過來了，約好了喔。

寰宇

下一封信和這一封信之間，相隔意外的久，我看了一下信末，那是距今三個月前的信，信的筆跡有點紊亂起來：

媽，你好，

很抱歉這麼久都沒寫信來。這邊……發生了一點事，但不是很重要的事，只是每個人都會遇到的，生活上的小煩惱吧。請媽不用擔心，我已經是個男子漢了，可以自己處理好所有的事情。

學習的事情非常順利，我已經可以獨當一面了，客人們都很稱讚我。

最近特別的想妳，我想下個月就可以回去了。

寰宇

我快速地翻閱接下來的信件，幾乎把旁邊的廣告單掀起來。大概是怕母親擔心的關係，接下來的信都維持像以前一樣一個禮拜一封，但是內容顯然簡陋多了，而且依我長年累積下來的觀察能力，從筆跡就看得出來，寫信的人心情越來越沉重了。

「我最近睡不太好，媽睡得好嗎？」、「我很想家，爸有再跑回家來鬧嗎？」、「媽……妳最近要小心安全，我有點擔心妳。」淨是這樣充滿不安的發言。

最後一封信是距現在大概一個月前，筆跡凌亂得幾乎無法辨識，但至少還看得出來是寰宇的筆跡。信裡只有兩三行字：

媽，我明天就會到家。

我很害怕……真的很害怕。詳細情形我到家再跟妳講，信裡講不清楚。

在我到家之前請不要出門，拜託妳。

寰宇

接下來就再也沒有信了，為了確認清楚，我又檢視了一次旁邊的廣告單，但已經完全沒有信件的痕跡。最後一封信，就停在這樣充滿語焉不詳的詭異內容中。

我就這樣反覆檢視著這些信，一點睡意也沒有。一直到收音機裡播送著早安新聞的音樂，我才驚覺已經天亮了，照理說我應該把這些信快點還回去才行，否則要是他回來檢查，看不到這些信，或許會起疑也說不一定。平常依我的謹慎一定會這樣做的。

只是我現在無法思考，完全無法思考。

收音機開始播放早上的社論節目，和上次好像是同一批人，延續上次的Stalker議題，裡面的女主持人用虛偽的、語重心長的語氣嬌聲哀嘆著，最近社會真是越來越恐怖啦、走夜路被強暴也就算了，就連好好的在家裡生活，都要擔心會不會被跟蹤狂盯上呢！

旁邊的女來賓也附和說，對啊對啊，上次我朋友因為拒絕了一個男人的告白，就被他一路跟回家，還差點在公寓前被強暴呢！真是世風日下，人心不古啊……

Stalker、男人、拒絕告白、一路跟回家……

我拿起了我久違的手機，用最快的速度播給我的室友。

「喂？Stalker先生，這次又有何貴幹啊？」

一聽到我熟悉的室友嗓音，我馬上不管三七二十一：

「對，就是Stalker，Stalker！」我忘情地大叫著。

「啊？你說什麼？喂喂，你該不會玩那遊戲玩太久，終於神經錯亂了吧？」

「不，我精神好得很。幫我查一件事情，Stalker，我要查最近這三個月內，這個城市所有有報案的Stalker案件紀錄！你應該辦得到，快點！」

「耶？這算什麼？同胞愛嗎？」

室友打趣地問。我不耐煩地吼道：

「少囉唆，叫你查就查！再拖拖拉拉的下次休想讓我幫你cover屍體的事。」

「好嘛好嘛，大少爺，我查就是了。」

「查完再用簡訊傳給我，就這樣。」

「喂，等一下，你這回什麼時候回來？你這次去好久。」

室友用略帶喘息的聲音問我，他該不會一邊跟屍體做愛一邊跟我講電話吧？以他的個性很有可能。我的嘴角扯出一個弧度：

「不知道，不過我想就快了。」

我的室友好像還試圖和我說些什麼，不過我沒有理會他就掛了，因為望遠鏡那端有了動靜。

青年似乎剛清醒，他兩眼發直地坐在床墊上，最近他每天清醒時都是這個樣子，好像在思索什麼深奧的事情，又像什麼都沒有在想。

就這樣呆坐一陣子後，他才會從床上站起來，開始一天的活動。

不過今天他並沒有呆坐多久，便很快地跳了起來，從茶几上拿了他的舊皮夾，竟然像要出門的樣子。我趕緊戴上外衣和帽子衝下樓，打算和之前一樣跟蹤他出去，心裡卻有點疑惑，因為他很少像這樣在白天出門。

何況家裡還留著那個醉漢的屍體，門又沒有鎖，樓下的太太隨時可能送什麼食物上來，要是發現這一切豈不糟糕透頂？

我可不容許這麼美麗的一齣表演，毀在這麼愚蠢的原因上。

我正在猶豫的時候，我的手機卻又響了起來。接起來竟然是我的室友，他手腳真的很快，去除掉有時候太雞婆的缺點的話，他倒是我最得力的幫手。

「喂，我查到了喔。」

室友用輕快的聲音說，我聽見點滑鼠的聲音。我邊尾隨著目標邊問：

「怎麼樣？有哪些？」

「很多喔。有幾百筆呢，沒想到你的同類這麼多啊，大少爺。」

「吵死了，我和他們才不是同類。那麼，裡面有沒有男的跟蹤男的？」我問。

「那就很少了，因為男的被跟蹤通常不會報案，會比較想自己一拳扁飛那個Stalker吧？我看看……咦，還是有嘛。」

「真的？最近一次是什麼時候？」

「三個月前……不過離這裡相當遠呢，滿偏僻的地方，好像是叫……」

我這次又沒有聽室友把話講完，不是我對他查到的地方不感興趣，而是我眼前出現了更令我感興趣的東西。

我已經無暇去顧及我的目標要去那裡了，我的目光，全集中在一個人身上。

那是個十八、九歲左右的少年。

倒不是說他本身有何特別之處，他的長相算是英俊的，但是也沒有出色到讓人停下腳步的程度。他的身上散發著某種與生俱來、陽光一般的氣息。他的五官看起來相當明朗，不用開口就知道應該是個好相處的人。

更重要的是，我見過他。

這兩個月內，我每天至少都要透過望遠鏡見他一次。

他就是那張照片上的少年。

因為我站在溜滑梯上，所以看得比較清楚。我尾隨的目標從轉角那裡離開後，少年就馬上從暗巷裡溜了出來，稍微東張西望了一下，就往舊公寓的方向潛去。

我只猶豫了兩秒鐘，就選擇尾隨著少年而去。畢竟這個人，絕對是和我的目標關係甚深的人，暫時轉移目標的話，應該還不算是變節吧。

少年似乎全副心神都放在潛入舊公寓這件事上，因此完全沒有注意到我，我也就大膽地跟得近一點。

樓下的大門沒有鎖，少年推開門就直往四樓，看起來相當熟悉這裡的配置，我一路跟在他身後，和之前的方法一樣，看著他鑽進公寓後，就先往五樓跑，居高臨下地觀察他的舉動。

少年一進門，先是被那些五顏六色的垃圾袋嚇了一跳，臉上露出了憤怒的表情。隨即就看見了沙發上的屍體。

他好像嚇得不輕的樣子，先是退了一、兩步。嘴巴才慢慢地打了開來：

「老……爸……？」

我聽見他沙啞的聲音這樣喊著。他似乎相當怕沙發上躺的那個人，即使已經變成了屍體也不太敢靠近。過了一天一夜，天氣又那麼熱，屍體已經開始在腐臭，這是我這些天第一次靠近這幢屋子，也真虧那個傢伙忍耐得住。

少年又凝視著屍體好一會兒，半晌他咬了咬牙，眼眶有一點點泛紅。但他很快地搖了搖頭，彷彿下定了什麼決心似的。竟不再理會屍體，掉頭跑向了那些垃圾袋。

我靜靜地側首觀看，他好像在找什麼東西似的，開始一個一個地拆開那些塑膠袋，把頭伸進去尋找翻來覆去。青年原本裝好的東西，全被他翻了出來，撒了一地都是。

垃圾袋被他翻遍了以後，少年開始翻找房子裡的其他角落。他跑進臥室，但我想裡面大概已經空得差不多了，所以他很快又跑了出來，臉上的表情夾雜著焦燥、不安，還有從未從他臉上消失的憤怒。

他還是不死心，又在客廳裡到處翻箱倒櫃，差點沒連地板都翻了過來，但顯然還是找不到他想找的東西。他臉上露出沮喪的表情，在亂成一團的地板上坐了下來，用牙齒咬著大姆指苦思。

我看見他的手上有很多細微的傷痕，那是美容美髮學徒一類的人才會有的傷痕。

少年用兩手打了打臉，又回頭看了一眼醉漢的屍體，然後才像是終於振作起來的樣子，從地上跳了起來，打算從門口離開。

但是他才走下四樓的樓梯，就驀地停下了腳步，慢慢地倒退回四樓來。這回連我都有點驚訝，不由得順著他的視線看去。

是那個青年，我跟蹤的對象。我最得力的演員，上場了。

「寰宇……」

我忍不住跟著青年喊了對方的名字，那算是我藝術生涯的一點小小失誤。因為我已經知道所有的事情了。

我現在也終於知道，為什麼我會對這個尾隨對象如此在意了。是味道，他和我確實有部份的味道相類似。

少年的表情用驚恐還不足以形容，可以說是嚇壞了。

他一直往後退、往後退，連自己退回了屋內都渾然無所覺，直到發現自己的身後就是沙發上的屍體，他才猛然醒覺。他發出一聲低低的尖叫，踉蹌地跌到陽台的方向，原本有些黝黑的膚色此刻一片蒼白，像是等待死刑宣判的囚犯一樣望著朝他逼近的青年。

反觀青年，他的表情一看就知道很高興，甚至可以說是狂喜了。

「寰宇……寰宇！終於……終於重逢了，終於再見到你了！」

青年微微舉起兩手，朝他稱為寰宇的人伸過去。少年像是觸電似地渾身顫了一下，終於咬牙大叫了出來：

「滾開！」

他近乎歇斯底里地喊著。但是青年置若罔聞，

「寰宇……這麼久沒有見面，你怎麼了？忘記我了嗎？應該不可能吧，我們

明明，明明這麼意氣相投，我總是一直看著你……看著你……你也總是一直看著我……」

「誰看著你？誰和你意氣相投？你……你這個……為什麼把我爸爸殺了？」

少年有些語無倫次，他慌亂地又瞥了一眼沙發上腐爛的屍體，再往陽台踏了一步。

「因為……因為他說他欺負你啊，寰宇。他一看見我從這屋子裡出來，就把我認成了你的樣子，叫我小宇小宇的，寰宇，天下那有不認得自己兒子的爸爸呢？他一定對你很不好吧，這種爸爸不要也罷，不、不是嗎？」

青年仍然保持著狂熱的表情，他講話的方式，還是像他問路時一樣，充滿了羞澀、怯懦，就像隻初生的小羊，或者初次表白的高中生，

「嗯……雖然我也有不對，因為太想你了，所以我只好裝成你住進你的房子，真的很對不起，我本來想既然是我先不對，就讓我代替你接受你爸爸的懲罰好了，所以我一直忍著……忍著。可是他實在太過份了，淨說一些侮辱寰宇你的話，所以我一時忍不住，忍不住就……我不是故意的，因為我太愛你了……」

「寰宇，一定不知道我有多麼多麼多麼地想你，你不聲不響地搬家了之後，

我好痛苦，好痛苦喔！我到處發了瘋似的找你，來這裡看到你從前用的家具時，我難過的馬上就哭了出來，那時我才知道原來我有這麼想你……以前你不管到那裡，我都可以找得到你，可是這次卻找不到了，這叫我該怎麼辦呢？」

「寰宇，是你不好，這次真的是你不好……是你不好。你應該要跟我講一聲的，這樣……不管你走到那裡，我都會追隨你到天涯海角，也不用等你等得這麼苦……」

青年完全陷入了某種自憐自哀當中，他的語氣配上他那種天生弱勢的長相，乍看之下還真像是少年在欺負他。他把十指絞在胸前，像是要把它們拗斷一般地扭著、轉著。他的指節白得像紙，指甲也是。

「我真的……」

「閉嘴！」

少年寰宇在他講話的期間一直東張西望，我知道他在找逃走的方法。直到終於忍無可忍，才打斷了青年的話：

「你……你把媽媽和我的合照藏到那裡去了？」

他完全不敢直視青年的眼睛，要不是想問這個問題，我想他是死也不會接近青年十步之內吧。

「合照……啊……是說小宇的照片嗎？我有收著喔，我每天都會親他一次，因為真的寰宇不在，所以我只好看照片啊。我每天……都看著你的照片想你，寰宇……我可以叫你小宇嗎？聽到你爸爸這麼叫你，我覺得好羨慕……」

「閉嘴！照片在那裡？」

「照片……照片在那裡呢……」青年有些恍惚地複誦著。

我現在才明白，這個看起來很老實的青年把相框藏到信箱裡的原因。

「拜託……雖然我死也不想拜託你這種人，但是請把照片還給我！我……我和媽媽就只有這麼一張合照而已，以後也不可能會有了。當初搬家要不是太匆忙，我一定會記得帶走……」少年說著說著竟有些泫然欲泣，眼眶也紅了。

「為什麼……以後也不可能會有？」

「因為媽媽已經死了！」

青年的問話好像激起少年心裡最大的怒氣，他用盡全身的力氣吼了出來。

「為什麼？伯母她……小宇乖，你還有我，你不要哭……」

「不要叫得好像和我很熟的樣子！你這個神經病！我根本就不認識你！」

少年幾乎是馬上吼了回去，完全蓋住了青年的碎碎念：

「你……還敢問為什麼？每天來理容院裡騷擾我還不夠，還跟蹤我回宿舍，害得其他師姐師妹都沒有辦法安心休息，擔心你對她們做出什麼事情，後來我只好連工作也辭了。理容院的人也把電話全都換掉了，還差點面臨關門的危機……」

「你竟然還不放過我，寫騷擾信給我師傅、師兄也就罷了，還打無聲電話到我老家騷擾我老媽！你到底是不是人？我媽已經幾歲了你知不知道？結果害她精神耗弱，我只好帶著她連夜搬家。因為怕被你查到，我知道你一直在我家樓下徘徊，所以之前連搬家公司都不敢請，連夜悄悄地帶著行李溜到親戚家……」

少年越說越憤怒，兩隻眼睛狠狠地瞪著我的目標。青年仍舊是那副無辜的表情，甚至有點退縮，他緊握著兩手退後了一步。

「對不起，對不起……我不知道……因為我真的很愛小宇你，我不知道，這樣會對小宇造成這麼大的困擾……」

他不斷地用那種虛弱的聲音道歉著，好像他真的感到很抱歉一樣。他是真的很愧疚也說不一定，他就是那種很容易引人同情的類型，眼眶裡甚至有淚水在打轉，「不過……小宇不用擔心。你看，我一直、一直在等著小宇，忍耐著忍耐著，連指甲都不敢剪，就是在等小宇來幫我剪。我等了好久好久，最後才終於忍不住，你看，你看，都長這麼長了。因為我實在是忍無可忍了，真的很對不起，要是我早知道小宇今天就會來，一定還會努力再忍耐一個晚上……」

「但是沒關係……沒關係。指甲還會長長，等那時候，再請小宇替我剪就行了。」他舉起自己的十指，睜大的眼睛充滿了祈求對方原諒的顫抖，連聲音也是發顫的，唇角卻帶著微弱的笑，那個表情說有多詭異就有多詭異：「畢竟世界上只剩我們兩個人了，我們得相依為命才行，我一定會代替母親照顧你的……我知道小宇也是一直看著我的，我第一次去理容院的時候，小宇也是一直盯著我的指甲看，從那個時候我就注意小宇了，我知道小宇也喜歡我，只是一直不好意思說而已。吶，小宇，小宇……你會幫我剪指甲對吧？」

青年修剪整齊的雙手顫抖地伸向寰宇，他的下巴肌肉一直繃得很緊，細看才發現是因為他一直緊咬著自己上唇的關係，他自己卻沒有察覺。

寰宇瞪大了眼睛看著他，半晌忽然往茶几的方向衝，想要逃走。但是青年的反應比他更快，他往右一移，寰宇就撞在他身上，兩個人就都倒在地上。

「小宇，不要這樣子……小宇……」

「放開我，快點放開我！救命啊，救命……」

寰宇想找人求救似地看向門口，但是青年很快地衝過去擋住了門，再次把五指朝他伸去。寰宇像是再也忍受不了，伸臂揮開了青年向他伸過來的手，他並沒有剪指甲，這一揮就劃過了青年白皙的臉頰，畫出了三道血痕來。

我的目標怔住了，他像隻受驚的兔子一樣，摀著受傷的臉頰蜷縮著雙臂，他的身體又不自然地顫抖起來，像那時候差點被醉漢強暴時那副模樣。

這一擊似乎擊碎了他心裡的某樣東西，他又開始喘息起來，慘白的臉頰淌下汗水，嘴唇也微微發著抖。

他的眼神忽然變成空茫起來，一步步地逼近往後退的寰宇。寰宇轉過身去，開始往陽台跑，似乎試圖從那裡找地方下去。但是青年很快地追了過去，一把抓住了他的手腕。寰宇驚慌失措地掙扎起來，但是我之前就見識過，這個看起來瘦弱的青年臂力還不小。

他扣住了少年的雙腕，滿臉憂傷的看著他，

「小宇，為什麼？你為什麼要這樣，我不懂，我真的……好不懂，我很愛你，我是這麼地愛你……你也是愛我的吧？對吧，小宇。來，快點，說你喜歡我，快說……」

「誰會喜歡你啊！」

掙不開青年的懷抱，寰宇索性以言語反擊。我的目標臉上的血色全沒了，寰宇再次轉過身來逃跑，但這次青年卻攔住了他的腰，他們一路拉扯到晒衣架的邊緣。我索性下樓梯來換一個角度，青年的臉隱藏在陰影裡，看不清楚他的表情：

「請問……你是在說，小宇討厭……我嗎？」

他再次用他那種獨特的、細微的嗓音問著。語氣有禮而怯懦，就像他平常習慣的句型那樣。

「當然討厭！你這個變態！神經病！噁心的跟蹤狂！」寰宇毫不遲疑地大吼。

青年忽然不喘了。他就這樣緊抓著寰宇的腰，我看見他的胸口微微起伏著，今天是陰天，微微的陽光從雲端的細縫透射到他們兩人身上。

我看見我的目標忽然抬起了頭，臉上不知何時已全是溼滑的淚光。

「小宇，你不要逼我……」

他的手從腰上倏地移轉到寰宇細瘦結實的脖子上。寰宇似乎也沒料到會有這樣的變化，他的眼睛整個瞠大，周圍全是血絲，幾乎像要掉出來一樣，半晌連嘴也張大了，伸出舌頭悲慘地吐著氣。

但是青年像是完全沒有意識到自己的行為，白皙的十指逐漸收緊，青筋伴隨的血管在手背上浮現無疑。他一面握緊寰宇的脖子，眼淚像斷線珍珠一樣地掉出來，他拚命地、拚命地啜泣著，越是哭他就掐得越緊，掐得越緊他就哭得越厲害，到最後連鼻涕也一起流了出來，原先清秀的面容面目全非。

「你不要逼我……為什麼要逼我……」青年反覆地念著這樣的話。

我幾乎不敢呼吸也不敢眨眼，害怕錯過任何一幕。青年一面把寰宇壓制到陽台，直到他半個身體伸出陽台外，寰宇的喉嚨發出「嘎啦」、「嘎啦」之類不像人類所能發出的雜音，他的臉色開始發紫，褲襠也很明顯地溼了，看來是在極度痛苦下失禁的緣故。

青年好像冷靜了一點，他的淚順著脖子滴到了寰宇的面頰上，遠遠看去，就像死別的戀人一樣唯美淒涼。至少在我這個旁觀者看來是這樣。

寰宇幾乎掉出來的眼珠無神地瞪著天空，好像在控訴什麼似的，又或者他已經無法思考，他的手無意識地做了最後一次掙扎，而這就宣告了他的結局。他的身體翻落陽台外，青年發出一聲我畢生所聽過最淒厲的哭喊，他的指甲在寰宇的頸子上掠過。

很漂亮的指甲，像月牙一般地潔白透亮。

我重新穿上外衣，戴起帽子，把手插在口袋裡走下了樓梯。

我回到對面的公寓收拾我的東西，把望遠鏡還有睡袋收進紙箱裡，再隨手丟在角落。反正只要跟室友講一聲，他就會派人來回收，不需要我操心。

我背著必要的隨身行李走過老舊社區時，鄰居已經紛紛圍在那幢舊公寓下。因為不幸腦部著地的關係，少年的腦子好像撞破了，分不清腦漿還是血的東西噴了一地，眼球看起來已經不在眼眶裡了。

我的眼角還瞥到那個三樓太太，她正臉色蒼白地拿著手機打給一一九。

離開公園前，我最後瞥了我的目標一眼。

他癡癡地站在四樓的陽台上，彷彿天塌下來都已經與他無關那樣。我想這應該是他一生中最幸福的時刻吧！至少他所愛的對象，再也不會跑離他的視線了。

嘛，不過這些都已經和我沒有關係了。因為這場戲，已經結束了。

接下來，找個遊民來跟看看好了，我看了一眼公園角落的那些流浪漢。唔，或許找個推銷員也不錯，可以讓我感受一下資本社會的繁忙生活，要不然乾脆跟蹤剛剛送貨過來的快遞小弟好了！我這樣靈機一動。

正這樣盤算著，我發現我手機裡有封簡訊，原來是我掛室友電話，他乾脆把資料掃成圖檔全部傳過來了，還附上他花俏的簽名檔。

我忽然想起自己很久沒吃到室友做的家常菜了，偶爾回一下那個小小的Share House也不錯，室友做的菜真的比生我的那個女人好吃多了。雖然他有不少令人厭煩的小毛病，但無損他的個人魅力。

畢竟這個城市的人，多少都有點小毛病。我也是，我的室友也是。

和我一起觀賞這齣戲到最後的你們也是。

—Ending—

Stalker+

我走進盥洗間刷牙的時候，正好看見我的室友從門口進來。

「嗨嗨，凱旋歸來啦，Stalker先生！」

我把牙刷插進嘴裡，舉起一隻手和他打招呼。

但是室友卻白了我一眼，隨即從門口抽起我的毛巾，在脖子上胡亂抹了抹，就逕自往他自己的房間走去。

我一點也不生氣。從跟他合租這間三房一廳的Share House開始，他對我的態度就從來沒變過。不只是對我，這人對世人的態度大概都是這樣吧。

我看他「碰」地一聲掩上了房門。我知道這代表我親愛的室友現在心情不好。他實在是個很容易看清的人，雖然身為一位稱職的跟蹤狂（他不准我這麼叫他，只能在這裡偷偷說），他的個性老實說還滿好懂的，喜怒哀樂全寫在臉上。

比如說，只要看到他像看見魚餌的魚一樣，一臉興奮地衝過來和我嘰嘰喳喳的時候，我就知道，他今天一定是跟到了有趣的目標。用他的說法，就是「豐富的人」吧？他可以為了目標的美好而高興一整個夏季。

相對的，如果他像中暑的美洲豹一樣，無精打采地賴在沙發上，連他最喜歡的社論節目（正確地說，他很討厭這個節目，會一面聽一面尖酸地批評，但是他還是每天準時收聽）都忘了轉開的時候，大概就可以推測他這次跟到了一個不怎麼好玩的目標。

用他的用語，就是「貧乏的人」、「空洞的人」，或是「跪下來求我我都不想跟的人」，代表人物是他的生身之母。

就這方面來講，他真的是個單純的人，就像大部份的藝術家一樣。雖然本人老是不承認。

「喂，冰箱裡面有我做剩的義大利麵，你要不要吃？」

我揚聲問道。門後一點反應也沒有，我想他一定跟到一個出乎意料無聊的對象，像是一整天坐在辦公桌前的上班族之類的。

正想放棄勸說，打算等他氣消了再把晚餐端進去給他。我的室友卻忽然開門走了出來，他身上已經換了無袖的汗衫，下面則只穿了一條四角內褲。

他用帶著倦意的表情走向冰箱，兩眼無神地打開，準確地找到我放義大利麵的位置，再兩眼無神地端著它走回房間，碰地一聲重新掩上了門。

我猜他肚子大概很餓了，他常常為了跟蹤一個棘手的目標，幾天幾夜不吃不喝都渾然無覺，這樣熱愛跟蹤的人，我還是第一次見到。如果我不幫他送水、送食物過去，定時打探他的作息的話，他哪一天一定會餓死在哪個目標身後。
事實上這種事情真的差點發生過，有一次我接到醫院的通知，說是有個流浪漢路倒被送到醫院去，手機裡唯一的連絡人就是我。我室友去當警察一定很有前途。
「嗯……那個人，就是你說的室友，Stalker先生？」
我的耳後有人輕輕吐著氣。我笑著回過了頭，男孩身上還蓋著半件涼被，全裸的身體側對著我，正慵懶地喝著我擱在沙發上的殘酒。
那是我上個星期在一家夜店裡結識的對象，老實說我們都還不知道對方的名字，因為不想浪費時間做這種事，又或者是每次想起應該開口問個名字，就被性慾或食慾給淹沒了。我叫他馬丁尼，只因為他被我帶回家那天剛好點了一杯這種酒。
「是啊。」
「嗯，長得很不錯呢，看起來很溫和。」
「不可以移情別戀喔，我會吃醋的。」我說。
「呵呵，我對跟蹤狂過敏，因為以前遇過太多這種怪人。」面貌姣好的男孩這樣說著，他把小腿從沙發上抬起來，擱在我光裸的肩膀上。

我側首輕輕地嗅聞著，「我也是怪人喔，你不怕我？」

馬丁尼咯咯地笑了一下。「怕什麼？怕那裡？」

「很難說，可能是這裡，也可能是那裡……」

我像隻小狼一樣地撲上去，男孩再度笑著仰躺回沙發上，涼被滑到地上，我索性再不客氣，按著他瘦小的肩，就著腋下就是一陣亂搔亂抓。大概是還殘留著毒品作用的關係，男孩瘋狂地大笑著，像隻擱淺的美人魚一樣扭動著誘人的身軀。

我把手放到他側腰上，他就掙扎著想翻滾到沙發另一邊，但我當然不放過他，他就一邊笑鬧一邊滾下了地毯。我們玩到他筋疲力盡，連沙發也翻了過去，馬丁尼乾脆就仰躺在半倒的沙發上，看著天花板上的水晶燈，雙眼忽然變得有些空茫，細細地喘息著。

我爬過去側躺在他身邊，用手輕輕撫摸過他的短髮，

「怎麼了？」我放柔聲音問。

「不，只是在想事情。」馬丁尼衝著我，又咯咯笑了起來。

我把他落在鬢邊的頭髮撥到耳後，看著他尚顯稚氣的頸線。那裡有一道很長、很深的傷痕，不止是那裡，左胸上、肚腹上、鼠蹊部還有額頭，只要是人體致命的地方，全都布滿著一見可知的傷痕。

事實上我在夜店見到他是在廁所，那時候他正試圖用削馬鈴薯的削刀割腕，再把手放到馬桶裡面等血流乾。夜店的人比我先發現，服務生把他抱出來時，他臉色慘白得像紙，血順著手腕一路滴滿了廁所的黑色磁磚。

但是他的唇角卻在笑，笑得比我所見過任何笑容都開懷。

從那一刻開始，我就決定這一個我也要了。

他的自殺紀錄比這個城市任何一個成人都輝煌。雖然只有十五歲，但是已經經歷過一百五十幾次的自殺行動。據說其中六十幾次都逼近死亡邊緣。割腕、仰藥、跳樓、跳水、上吊、吞金……所有歷史上存在過的自殺方式幾乎都被他嘗試過了。

他的父親，好像是那個企業的首富似的，所以每次都花大錢把他從鬼門關救回來。為了成功自殺，他只好逃家，但是大概是上天太眷顧他，他逃家到現在還是沒有成功過。

他父親也曾為他請來心理醫生，但都查不出個所以然來。馬丁尼自殺的原因只有一個：他覺得他出生這件事本來就錯了。

因為錯了，所以要修正。

修正出生的方法，當然就是死亡。

這些都是在我把他抱回這間屋子的當晚，一面和他做愛，一邊聽他慢慢道來的。那是我們認識一個禮拜以來，我唯一一次見他沒有在笑。他不懂，為什麼沒有人阻止小鳥飛翔、錦鯉游泳，卻每個人都要阻止他自殺。

我也不懂他為什麼想自殺。就像沒有人懂為什麼我只能喜歡死去的東西一樣。

「吶，你真的只喜歡屍體對嗎？」

看著我玩弄他髮絲的手指，男孩這樣天真地問我。

「我喜歡做愛。」我壞壞地說。

「聽說你會把喜歡的屍體做成標本？」男孩問我，按住我往他下體伸出的手，用那雙唯一沒有傷痕的眼睛望著我，半晌又慢慢地偏過頭，

「那要答應我，如果你真喜歡……我的屍體的話，如果我的屍體你還中意的

話，一定要把我做成最漂亮的標本。我……一直很想知道死掉的我是什麼樣子，因為那才是真正的我……」

我們這間Share House是三房一廳，但其中一間房間從來都沒人使用過。這也是當然的，因為那裡放滿了我的「收藏品」。我有時會想，若是我有一天出了什麼意外，有新的房客來頂替我的位置，打開那扇門時，會是怎樣的一副表情。

我看著馬丁尼偏過去的側臉，想像他冰冷僵直的樣子，想像他五官緊閉著、皮膚布滿屍斑、乖乖被放在停屍間裡的樣子。不知不覺間，我的胸口熱了起來。

我用唇尋找著他的唇，他也乖順地偏過頭來，我們的舌交纏在一起，我用單手把沙發扶正回來，正打算再展開一場大戰，室友的門卻又倏地打了開來。

我和馬丁尼都嚇了一跳，室友的手上端著空掉的盤子，一樣兩眼無神地走到廚房的水槽邊，把空盤子往水槽一扔。雖說是共享公共空間，但這間Share House的家事都是我在做，室友是堅決不從事勞動的那種類型。

他又往自己房門的方向走去，滿足食慾後，我想接下來他多半是想大睡一場。我本來以為他不會理我，沒想到他竟然朝我們這邊看了一眼，

「滿好吃的。蕃茄有點太鹹。」

我有點緊張地等了一會後，室友忽然這樣對我說。然後就拖著蹣跚的步伐走回他的房間。我一路目送著他再次關上房門。

「你……真的很關心你那個室友耶。」

用唇搔著我的鬍碴，馬丁尼又靠在我背上。我把下半身用浴巾重新包起來，應了一聲：「嗯，算是吧。」男孩抱住了我的脖子，

「真稀奇，你不是說你只喜歡死人？」

「和活人交朋友還是辦得到的，跟活人上床也是……」

我回頭想把他捉回懷裡，不過馬丁尼跟了我幾天，也學會了我的脾氣，他像隻泥鰍一樣往旁邊一溜，笑著躲開了：

「可是他對你很特別啊。」

「喔？」

「看得出來嘛，你看他的眼神。」

馬丁尼用取笑的眼神看著我，我故意裝出生氣的表情，當然免不了又是一陣肉體懲罰，直到男孩再一次虛脫地仰倒在我膝蓋上，我才看了一眼室友虛掩的

房門。「……你別看他這樣，他不是普通的跟蹤狂而已，是個很聰明的人啊。」

「咦？你不是說他大學肄業、畢業失業，氣死他老爸還被老媽掃地出門嗎？」

「只是他的聰明從來不用在社會認可的方向而已。」我淡淡地說，「他這個人敏銳得很，也機靈得很。他還曾經因為跟蹤，破解過連警察都查不出來的懸案呢……不過也沒什麼用就是了，這傢伙最討厭和別人分享他的嗜好，所以他就算看到小女孩在他面前被虐殺，也不會多動一根手指頭找人救她。更別說是公布真相了。」

「嘿——只和你說嗎？」

「才不是呢！那個沒心沒肺的傢伙。他會說只有在他很興奮的時候，要不就是喝醉的時候，我都只有在旁邊聽他自言自語、拼拼湊湊的份，他是這間屋子的超級大少爺，我只是可憐的奴隸。」我刻意嘆了口氣說。

馬丁尼仰著臉看著我，我拍了一下他的大腿，他就低低地尖叫了一聲，笑著又翻過了身。老實說我不敢鬧得太大聲，因為室友在房裡睡覺，他算是個神經質的人，而且起床氣是世界第一差，我可不想變成他的出氣筒。

「既然這樣，幹麼跟他住在一起？他果然是很特別嘛。」男孩嘟起嘴。

「這個嘛，因為我也不能趕他出去，趕他出去的話，他一定會死在街頭的啦！」

「那不是正好，剛好可以變成你的收藏品？」

男孩說。我停了一下，

「另外……他也是第一個，知道我的小毛病……知道我的喜好，親自看過我操作，還願意和我說話、甚至和我一起生活的人。全世界全地球就只有他一個人而已。」

我安靜地看著室友的房門說。

事實上有時候他心情好時，還肯幫我一點小忙，比如挪個標本或是想辦法和撞見我收集過程的人解釋等等的。我想他大概也不了解這些事情對我的意義。

男孩盯著我平靜的臉，好像想從我的臉上看出我話裡有幾分真實性，半晌才攤手搖了搖頭：

「我看他，只是單純少根筋而已啦！畢竟自己也是跟蹤狂，見怪不怪嘛！」

「哈哈哈，說不定就是這樣。」

「你自己說，你有沒有過把你室友變成屍體的念頭？」馬丁尼問我。

我看著室友門口那個「夜襲殺無赦」的牌子：「不，我沒有。」我看著馬丁尼：「事實上，我從來不曾有把誰『變成』屍體的念頭。我喜歡死人，但是我厭惡殺人。」我看見玻璃上的自己，勾起一抹淡淡的笑，

「但我想我會一直等著，等到他也變成屍體的那一天。」

男孩盯著我的臉看了一會兒，抿了抿嘴，才倒背著雙手從沙發上站起來。

「啊——無聊死了，我要去沖澡了。」

我恢復了原來的笑法。「沖個澡，然後再來第二回合？」

「白——癡！你也快點去沖澡，把你腦袋裡的精蟲沖掉才是真的！」

馬丁尼背著我揮了揮手，我目送著他走進我那間最大最寬敞的按摩浴室，又轉回頭來面對著廚房。室友拿出來的盤子還放在水槽裡，其實我好幾次交代他要先把髒晚盤泡水，到時候比較好洗，但不管講幾萬次他還是我行我素。

算了，會聽別人的建議的話，室友就不是室友了。

我收回視線，思緒卻不知道怎麼地，飄到了馬丁尼剛才說的那句話。浴室傳來蓮蓬頭噴水的聲音，依稀還有馬丁尼的歌聲。

「你自己說，你有沒有過把你室友變成屍體的念頭？」

我想像著室友，那個單純又偏激的一流跟蹤家，倒在我懷裡一動也不動的樣子。

那大概，會是世界上最動人的屍體吧！

我不自覺地嘆了口氣，連我也不知道為什麼。然後才從沙發上站起來，拾起地上的牛仔褲穿上，光著上半身走到了廚房，圍起我專用的紅色圍裙。今天晚上就做烏骨雞湯給他吃好了，聽說對恢復疲勞很有幫助，還可以壯陽。

我把食材拿出來，在水槽裡洗了一會兒，才忽然發現，浴室裡好像很久沒動靜了。

我幾乎是立刻跳了起來，匆匆脫下圍裙，往浴室的方向衝去。馬丁尼的歌聲，已經完全聽不見了。

我還沒走進浴室，就看見一絲嫣紅的血跡，順著淋浴間的水漫延到地板上。我打開浴室的門，很快便看到男孩仰躺在地上，已經動彈不得了。

他的咽喉上，插著一支醒目的刮鬍刀片。是我上星期剛買的。

切割的方式非常專業，不知道可不可以用三折肱而成良醫來形容，為了防止再被救回來，馬丁尼先是橫向割了一刀，先確定割斷氣管後，又把刀片深深插了進去，幾乎直沒至柄，這下子就算是神醫也沒有救了。

了不起，你辦到了。不知為什麼我想這樣誇讚他。

我跑過去抱住了他，讓他坐起來靠在我的膝蓋上。馬丁尼的眼睛還沒有閉上，用一貫空茫的眼神望著上空。他赤裸著身軀，宛如回到母胎體內的嬰兒，乾淨清爽得令人吃驚，我忽然好像可以明白他執意自殺的理由了。人活著有時候，真的太髒太醜陋了。

他用那樣的眼神在空中搜尋，然後終於找到了我：

「要……遵守約定喔。」

他對著我露出笑容。那是我第一次見到他真正的笑容。

我俯身挽起他不再動彈的頸子，再從衣架上取下一條大毛巾，掩蓋住他只成長了十五年、卻已傷痕累累的身軀。

我凝視著他再也睜不開來的眼睛，用最溫和的語氣回應了他的笑容：

「來，來我為你準備的、最美的樂園吧。我的愛人……」

—Ending—

室友

說起我會和Q這個人相識、知道他的能力，其實是有個故事的。

那年我北上念大學，我們學校又老又舊，本來就沒什麼地方給遠道而來的學生安身立命。我們這些籤運不佳的只能去外頭另尋新天地。

但租房子對我而言是個難題，舉凡租給學生的屋子，大多數都是合租，其中又以有共同空間的雅房居多。但那時候我早已知道自己性向，女友也陸續換了好幾個，雖說不是看見每個女孩都會發情，但和青春少女同住一個屋簷下，多少也有點不便。

但單租的套房價格又高，窮學生實在負擔不起，連續看了幾間都不滿意。眼看著開學日將近，我卻還沒有落腳處。

當時和我同個高中考上的老鄉，她在台北有親戚可以給她蝸居，不急著找宿舍。當時她很佛心地替我搬家上來（順帶一提，她就是我未來的女友G，但我們當時還是純純的同鄉情誼，我發誓），我跟她說我的情況，她便提供了一個情報給我。

「我聽說後街那裡有人在找Share House的夥伴，還在宿舍裡貼了告示。」

「Share House?」

我一怔，當時我是第一次聽到這名詞。

「對啊，就是三、四個人合租一間房子，彼此有各自的房間，但客廳、廚房或飯廳之類的卻是共享的。」

「那不是跟雅房一樣嗎？」

「唔，有點不太一樣呢。雅房通常都是個體戶，各住戶之間不太會有交集不是嗎？浴室糾紛除外啦。但Share House比較像是住戶間自己的契約關係，通常都是幾個朋友約好之後一起住進去，裡頭的人各自保有自己的隱私，但同時又能像家人一樣，在寂寞的時候互相取暖。最近在國外很流行的，你沒聽過嗎？」

G的建議讓我多少有點心動。雖說我對「家人」這個詞，自從出櫃被掃地出門後，就有點排斥反應。

「啊，不過我有聽說，那間房子之前好像有點問題，一直租不出去。」

G忽然像想起什麼似地說道。我不禁好奇：「什麼問題？」

「我也不是很清楚，不過聽說在五、六年前，就是已經畢業的學長姐那屆，那間房子好像發生過很不得了的事，當時很多警察都過去處理。從那以後學校裡就傳說那地方有問題，還鬧過鬼什麼的。」

G表情神祕地說，我更加好奇。說來慚愧，我當時正好迷上推理小說，那個年代書店裡的推理作品還不如現在這樣多，東野圭吾、宮部美幸這些還躺在日文書店裡，除了福爾摩斯之外，就是看看勒卡雷、范達因，日系最多就是赤川次郎之流。

也因此我對懸疑或是刑案現場之類的事件特別有興趣。現在想來，這也是我和Q相識的契機之一。

「喔喔，是發生過凶殺案什麼的嗎？有人自殺？是情殺？啊，還是發生過滅門血案？像尹清楓那樣的？」

我問道，G卻「噗哧」一聲笑了起來。

「你真是個有趣的人耶，很多學校的女同學聽到我說這些時，都嚇得遮耳朵說她不要聽。對這種可怕的事這麼有興趣的女生，我還是第一次遇見。」

我撥了下當時剛剪短的頭髮，裝作若無其事。

「所以到底是怎麼樣？」

「實情我也不是很清楚。但我當時有個住那附近的朋友，他的親人剛好在警察局工作，他跟我說，警察接到報案去了之後，從裡面抬出了很多屍體。」

「屍體?!」我叫了一聲。我們當時在學生餐廳，旁邊的女同學群還因此瞪了我們一下。

「對啊，很恐怖吧？而且據我那位朋友的說法，當時從那間屋子裡抬出來的屍體，有二十幾具甚至更多。」

「二十幾具？」我大驚。「等、等一下，那間房子裡死了二十多個人嗎？」

「很讓人毛骨悚然對吧？聽我那位朋友說，警察本來以為是凶殺案，還封鎖了現場，做了詳盡的採證。但卻怎麼也找不到線索。」

「會不會是有個殺人魔住在那裡？殺了人之後藏屍在那間房間裡？我的天，原來現實生活中真的有這種事！」

我忍不住提高了音量。G用一種異類的眼光瞧著我，但又忍不住笑出來。

「應該不是，據我朋友的說法，這十幾具屍體每具死法都不同，但大部分都是自殺。」

「自殺?!」

我大驚，預想好的情節一下子被打亂了。

「對啊，還有一部分是病死的，有的屍體身上還穿著醫院的病袍呢，還有一些查不出來死因的。」

「年紀呢？屍體的年紀？」我忙問。

G似乎被我嚇了一跳，她思考了一下，「這個嘛……我沒有問，我朋友也沒特別提。這樣說來，好像都不是太大的年紀呢，至少不是老人。」

「性別呢？性別有一致嗎？」

「唔，沒有呢，應該是男的女的都有，我朋友說有些女孩子還很漂亮。」

「那些屍體之間彼此有關係嗎？有血緣關係？還是在同一個地方工作？啊，還是什麼宗教團體之類的？」

當時G被我問得有點招架不住，她忙搖了搖手。

「先、先等一下。我也都是聽朋友說的，不是知道得很詳細。當時警察好像也有清查那些屍體的身分，也有一些家屬後來有來領回屍體，但有些屍體據說到現在都找不到身分。所以應該不是親人，但是不是有其他關係，就不知道了。」

「年輕人……有男有女……彼此之間沒有關係，死法還都不一樣嗎？……」

我陷入了沉思。G當時饒富興味地看著我，半晌又補充。

「倒是……我那朋友有偷偷跟我講，他說，在那二十幾具屍體裡面，其實當時有唯一的一具，被認為可能是他殺。」

「喔？」我興致一下子又被釣起來。

「嗯，因為整件事情實在太過詭異，所以警察也沒有大肆宣揚，低調的進行調查。那具屍體，好像是被人用刀子之類的東西刺死的。」

「刺死的……」

「對啊，但因為查不出屍體的身分，也查不到究竟是被誰殺的，後來似乎就不了了之。畢竟大部分屍體都是自殺死的或自然死亡，雖然屍體堆在那有點奇怪，但也無法做些什麼。」

「等一下，那些屍體，都是在同一時間死亡的嗎？」我忽然想到，「都是在最近兩、三天內之類的，因為如果不是這樣，屍體應該不可能不被發現。按照台灣這樣的氣候，就算是一、二月，最多也只能在常溫下放一個禮拜吧。屍體腐敗的話，鄰居絕不可能沒發現。」

「嗯嗯，這就是整件事裡最奇怪的地方。」

G的語氣忽然變得很神祕，她傾身靠近我，害我心跳漏跳了一拍。

「裡面的屍體，據我那位朋友的說法，最長有放超過一年的，最短也有兩、三個月之久，但神奇的是居然都沒有腐化。不知道是誰保存了他們，我朋友那天有親自到現場看，他說，每具抬出來的屍體都完整又漂亮，簡直像還活著一樣。」

G說著匪夷所思的事實，半晌又說。

「啊，不過，只有一具屍體是已經腐爛的。」

「哪一具？」

「就是他殺的那具。事實上要不是那具屍體腐爛，發出惡臭，讓周圍的鄰居去報警，這件事可能永遠不會被發現也說不定。」

G的話讓我陷入了茫然。和她分開之後，我走在回家的路上，還一直在想這件事情。

二十幾具屍體，都是自殺或病死，最容易想到的就是宗教團體了。我本來想會不會是哪個激進的宗教團體內鬨，畢竟台灣確實有不少不為人知的奇怪宗教，像日月明功的案子就是之一。教主被信徒殺害之後，信徒就在裡頭集體自殺。

但這無法解釋這其中為何有意外死亡的屍體，我甚至懷疑會不會是G給的情報有誤。不過以我對她的了解，她並不是那種會把別人的話加油添醋信口開河的人。

或者這是一種詭計呢？事實上殺害某個人才是他的目標，推理小說裡不是常有這樣的劇情嗎？為了不讓動機被察覺，就把單一目標的殺人事件偽裝成連續殺人案。

會不會他殺的那個才是犯人的目標，其他都只是個幌子？

但仔細想想這也不合理，如果要模糊目標，兩、三個人也就夠了，不需要搭上二十幾條人命。比起殺這二十多人的風險，不如直接把想殺的人殺了還容易得多。

而且不管哪一種猜想，都無法解釋為何那些屍體會被如此妥善保存。這讓我實在百思不得其解，甚至到了和房東約看房子那天，我都還得不出個能說服自己的解答。

我就在這樣的情形下，迎來了和Q的初次相會。

記得那天下午學校裡沒課，我和房東約好下午兩點看屋。房東接到我電話時還有點遲疑，再三確認我沒有打錯電話，才敲定了見面時間。

房東是個看起來有點老實的中年婦女，她邊帶我走上通往Share House的樓梯，邊試探地問我：「妳……我是說這間房子，妳們學校應該有跟你講過，這間房子，以前曾經發生過……」

她欲言又止，我當時還沉浸在謎團無解的失落感中，只是聳聳肩。

「嗯，我知道。不要緊。」

房東看起來鬆了口氣。「啊，太好了。上次有個跟你差不多年紀的女學生來看房子，我一跟她講那些事，她就嚇得連進屋都不敢，馬上就逃走了。」

我搔搔耳朵，其實聽了G跟我說的那些話後，我也不是沒有一番掙扎。畢竟隔壁房間裡住了一群屍體，雖然理性知道早就已經搬走，心裡還是會有疙瘩。

但比起害怕，我更想知道真相。何況就我這幾年風風雨雨的經歷，這世間最可怕的並不是屍體，而是活生生的人。

人死了就什麼也做不了了。既不能嘲笑你，也不能傷害你。何懼之有。

「聽說還有另一個房客？」我問道。

這是房東在電話裡跟我說的。她說同時間有另一個人也看上這間Share House，為了方便，就約了同一個時間看屋。我想若是真租了這間屋子，以後就是室友了，先見面後見面並沒有太大差別，就同意了。

房東點點頭，「是啊，沒想到那個人也完全不在意這種事，我跟他說，他還說無所謂。啊，不過他是男性，沒關係嗎？」

我鬆了口氣。我本來有做好和可愛的女孩子同處一個屋簷下的心理準備，沒想到運氣還不錯，居然遇到個公的。

「沒關係，我不在意。不過他人呢？」

房東打開了玄關門，我東張西望了一下，卻沒看到像是男學生的身影。

「他已經在裡頭等了，請進。」

我隨著房東在玄關脫了鞋。這房子比我想像中還大，有個鋪著木造地板的大客廳，目測四十吋的液晶電視，從客廳的位置看得到廚房，除了公用衛浴之外，每間房間裡好像還有自己的廁所，客廳的另一側是飯廳和陽台。完全就是一個家庭的格局。

這樣的房間居然一個月只要一千五，果然是發生了那種事的緣故。我瞄了眼最深處那間明顯緊閉的房門，那裡連燈光彷彿都暗了一截。

「你好，請問可以開始看屋子了嗎？」

有個清淡的聲音在我和房東身後響起。我回過頭，看見一個戴著厚重的瓶底眼鏡、剪著現在已經沒人會剪的西瓜頭，穿著只紮一邊的襯衫、脫線的拖地牛仔褲，背上還背了個你會以為他把至今為止所有家當都裝進去的特大號側包的男性。

我想各位應該都不難猜得出來，這人就是未來我的室友，也就是Q。

不過在我被他古怪的性格和縝密的頭腦震懾之前，我對他的第一印象居然是好矮。雖然我比大學裡大多數的男性都高，但看到眼前這個邋遢隨興的男人竟只到我肩膀，還是忍不住覺得喜感。

Q當時瞄了我一眼，就跟著房東的介紹看起房子。房東介紹了廚房、衛浴，還有垃圾清運的方法等等，感覺她好像很擔心我們兩個反悔不租，態度上特別殷勤。

「每間房間會有自己的門鎖嗎？」Q問房東。

「啊，當然會有，這不用擔心。」

Q點點頭，他把一直抱在胸前那個沉重的大包包放了下來，我才發覺裡面好像全是書本，難怪重成這樣子。

「那我決定租了。什麼時候可以搬進來？」Q問。

房東似乎嚇了一跳，但馬上反應過來。「沒問題，待會做個簡單的簽約程序，下週就可以搬進來了。」房東頓了一下，又忍不住說：「不過我還是要提醒你，就像我之前跟你說過的，你旁邊那間房間，以前是……」

「我知道，我說過沒關係了。」

Q打斷房東的話，他好像覺得很麻煩似的，輕輕嘆了口氣。

「屍體沒什麼可怕的，可怕的是活生生的人。」他說。

我想我應該告他抄襲我。

我也向房東表達我願意暫時屈就這位宅男室友的意願後，房東就說要出去印簽約的文件，暫時離開一會兒，留下我和Q兩個人在屋子裡時，我忍不住又看了那間深鎖的房門一眼。

「喂，你都不覺得好奇嗎？」

房東一離開，Q就從他的大包包裡頭抽了本有我枕頭那麼厚的書，坐在客廳沙發上旁若無人地閱讀起來。這光景在往後數年中，已經成為我習以為常的日常，但我當時滿腦子都是停屍間的謎團。

Q從書本裡抬頭看了我一眼，好像嫌我這個陌生的大隻女（以Q的角度）很吵似的。

「好奇什麼？」他把視線移回書本上。

「那間房間啊，你應該都聽房東說了吧？你不會想知道究竟發生了什麼事嗎？」

不是我自誇，我這個人最大的優點就是臉皮厚。反正世人再冷漠，也冷不過我的親生父母，我坐到離Q最近的一側沙發上。

「你難道不想看看嗎？堆滿屍體的房間，這種非日常的事情，不是天天可以遇到啊。」

Q總算正眼瞧了我一下，好像是在我提到「非日常」這個詞的時候。

「你喜歡看推理小說嗎？推理劇？」Q問我。

我哽了一下。「是又怎麼樣，你看起來也很喜歡看書啊。」

「實際的案件和書裡寫的東西是兩回事，大多數實際的事件都很枯燥無趣，小說裡一件簡單的凶殺案，可以花兩、三百頁鋪陳一大堆的詭計，但現實中的凶殺案，往往從動機就可以很快找到兇手，且行兇手法往往簡單到兩行新聞就能寫完。常有人說現實生活沒小說電影講得這麼簡單，在推理小說裡卻是完全相反。」

Q平淡地說。我有點不服氣，交抱起雙臂。

「喔？這麼說你已經知道那間停屍間的祕密了？」我問。

Q的反應卻令我意外，他歪了下頭。

「也不算完全知道。那個大嬸只跟我說那間房間裡被警察找出一大堆屍體，除此之外她什麼也不知道。我的情報有欠缺，無法推測出全部的事情，但大致上還是知道的。」

我大為驚訝，因為Q的說法，好像他已經知道大半實情似的。但G跟我說了這麼多內部情報，以我天縱英才，想了這半把個月，也想不出個所以然來，但這人居然只憑房東的一句話，就能拼湊出大致的謎底。

這讓我生起了勝負心。我於是也不管Q有沒有在聽，把G告訴我的情報一五一十地轉述給了Q。這期間Q一直透過他那副厚重的瓶底眼鏡翻閱著書籍。

「你的朋友真的住在這附近？」等我講到一段落時，Q忽然問。

「嗯？你是說提供情報的朋友嗎？應該是吧，如果不是住在這附近，應該也不會看到屍體搬出來的樣子啊。」

Q放下手上的書。我看他伸直雙腿，眼睛盯著天花板的某一處，像是在思考什麼。這讓我有點得意，果然這個謎團不是這麼容易破解的。

「我只有一點想不透。」Q忽然開了口。

「什麼想不透？」我對他沒頭沒腦的話感到疑惑。但Q搖了搖頭，又把視線轉回他的書上，我不禁急了，之後回想起來，我們之間好像總是如此，Q只要想通了某個謎團，就會對那個謎團完全失去興趣，留下在岸上乾著急的我。

「你不是說你大致上知道了？那說來聽聽啊。」我催促他。見Q好像不為所動，我只好又說：「果然是宗教團體集體自殺吧？否則哪能一次出現這麼多屍體。」

Q終於看了我一眼，又露出那種感到很麻煩的表情。

「你看過那間房間了嗎？」他說，我怔了一下。

「呃，沒有。」

「你可以去看看。雖然幾乎都搬空了，但原先的痕跡還是有留下來。」

「痕跡？什麼痕跡？血跡嗎？」我問。

Q搖搖頭，「血跡早就被清理掉了。那間房間裡，留有裝設冷氣的管線，一共裝了三台，而且是大型的那種。」

「三台？」我怔住了。

「嗯，三台冷氣。而且雖然經過清理，你現在走進去，還是可以聞到淡淡的氣味，那是甲醛的味道。」

「甲醛？」

「嗯，說福馬林你應該就知道了吧？推理小說迷。」Q的語氣有點調侃，我恍然大悟。

「啊啊，原來如此。等一下，那不就表示……」

「謎底就像妳一開始自己說的，停屍間。這間房間沒有其他祕密，就是曾經被某個人拿來當停屍間而已。」

我有點混亂了。

「等、等等，你說停屍間？你的意思是，這間房間曾經被之前的房客拿來放屍體嗎？但他又哪來這麼多的屍體……」

「就是那位房客收集來的吧。也因此那間房間從設備到格局，都是以保存屍體為目的，而且那間房間沒有窗戶，就算有人從外面經過，也不會發現那間房子裡的狀況。簡而言之，並不是為什麼房間裡有這多屍體，而是房間本來就被預設來放屍體用的。」

我仍感到不解，「但他為什麼要收集那麼多屍體？是要掩飾什麼嗎？」

Q有點聽不懂我的話的樣子。在認識我之前，Q確實是不大愛看推理小說，應該說他有點輕視推理小說，大概是以他的腦袋，很多推理小說家都比不上他老人家一根鼻毛吧。

「本來聽到你說的話之前，我也想不透他是怎麼收集這些屍體。找到屍體不難，但難的是怎麼把它運送進來，這附近是住宅區，平常各個時段都有人進進出出，如果只是一兩具也就罷了，這樣持續幾年地運屍體進來同一個地點，不被人注意到才奇怪。」

我竟忽略了這一點。

「對啊，那到底是怎麼……」

「但聽你說，那些屍體有百分之九十是自殺的，我就明白了。這些屍體之所以途中沒被任何人發現，是因為他們在進這間屋子時，根本都還不是屍體。」

「還不是屍體？什麼意思？是指他們還活著嗎？」

我大為驚訝。Q點點頭，「那些屍體……應該說那些人，在進來這間屋子時應該是活著的，恐怕還在裡頭生活了一段時間，然後在這裡自殺。自殺之後屍體被某個人收藏起來，用各種技術保存在那間房間裡。這是唯一合情合理的解釋了。」

他頓了一下，又補充：「你不是說，很多屍體後來都找不到身分嗎？如果不是出於自主意識，在走進那間屋子裡就決定要結束自己的生命，切斷與人間的聯繫的話，無法解釋為何會有這種情況。」

我拚命思考著，又有點不大服氣。

「但為什麼要做這種事呢？收集自殺的屍體，對他一點好處也沒有啊。」

「你看這麼多推理小說，對妳也一點好處也沒有啊。」

Q忽然笑了一聲，我頓時啞然。

「這怎麼能比，我看推理小說是出於興趣……」

「這個人恐怕也是一樣的。雖然不知道他確切的想法，但聽你的說法，每具屍體都保持完美的樣子，像活著一樣。這表示那個人對屍體有著獨特的美學，這種美學讓他不惜弄了間專門的展示室，來收藏那些自主決定終結的生命。」

Q的話聽得我心神俱震，這樣匪夷所思的事，聽他一番剖析起來，居然合情合理。但我仍然不甚服氣。

「那他殺的屍體該怎麼說？難道那個人喜歡屍體喜歡到終於忍不住，跑去殺人了嗎？」

Q卻搖了搖頭。

「我想不是的。我說過了，這人對於屍體有獨特的美學，通常這種人不會隨便放棄他的原則，對他來說，完整而妥善地保存自殺的屍體，是他引以為傲的原則。你不是說，那具屍體不但是他殺，而且並沒有做保存，因此腐爛了不是嗎？」

我慢慢明白過來。「你是說……」

「如果是他的『收藏品』的話，一來他不會接受自殺或病死以外的『因為自己的原因而死』的屍體，二來他不可能任由收集來的屍體腐壞。所以唯一的解釋就是，那具屍體並不是那個人的『收藏品』之一。」

「不是他的收藏品？那是什麼？」我忍不住問，旋即又恍然，「啊，難道是……」

「讓這種人破壞美學的原因，我想得到的只有一個。」

Q兩手交扣在胸前，吐了口氣。「那就是他已無法對這個屍體做任何處置，也因此無法貫徹他的美學。因為他，就是那個屍體『本人』。」

我感到呆滯。Q所說的來龍去脈雖然乍聽之下光怪陸離，但仔細推敲起來，居然也合情合理。我對這個初次見面的阿宅，第一次起了敬佩之心。

「但……既然是他殺，總要有個凶手吧？究竟是誰殺了他？那些屍體裡的誰嗎？」

「我想不是。如果是屍體裡的其中一個，那至少會出現兩具腐屍，但你說裡頭腐爛的屍體只有一具，對嗎？」

我一想也是，果然這個人的頭腦比我縝密得多，我不得不承認。

「那到底是誰……」

我問道。Q搖了搖頭，仍舊扣住雙手十指。

「比起這個，我更在意你之前說的。你說你同學的朋友，因為住在附近，看見屍體搬出來的樣子很完整，每具都像還活著一樣，對嗎？」

我怔了一下。「對啊，這有什麼奇怪的？」

「這很奇怪。首先不論為何警察會讓閒雜人等在旁邊看上這麼久，我不認為他們會把屍體露在外面搬出這間屋子，一來絕對會嚇到人，二來對死者也不尊重。如果哪個刑警真這麼做，那真的得好好檢討了。」

「咦？那G的朋友是怎麼……」

Q用姆指壓了下人中，「所以我才問你，那位朋友真的是住在『附近』嗎？」

我渾身一顫，「你是說……」

「在那位朋友不是說謊的前提下。如果在房子『外面』不可能看見屍體，那唯一可能看見屍體的地方，就只剩下一個，那就是房子『裡面』。」

Q直起身子，定定地開口。

「那位『朋友』，不是什麼附近的鄰居。而是和我們一樣，是這間屋子的『室友』。」

我感覺喉嚨「格」了一聲，再次往那間深鎖的房間看了一眼。想著那位熱愛屍體，熱愛了一輩子，最終卻沒能好好收藏最後一具屍體，含恨而腐化的「室友」。還有一直和那個人住在一塊，默默地看著這一切，不加協助卻也不加阻止的另一個「室友」。

會是這個「室友」，殺了那個「室友」嗎？又是為什麼呢？我不禁腦補了一段故事：收藏家室友愛慕同住在Share House的另一個室友已久，千方百計想得到對方的屍體，但另一個室友心理素質堅強，怎麼也不可能走上自主終結生命這條路。

於是收藏家終於忍不住了，第一次破壞了自己的美學。結局卻是兩敗俱傷，不但沒得到他真正想要的收藏，還終結了他的收藏家生命。

「我說過了，真實的事件大多無趣，真相往往比想像中要平凡無實。」

Q的聲音打醒了我，他說完，又把視線轉回他的書籍上去。我笑了一下，刻意坐到他那張沙發椅上，一手還環過他椅背，把小個子的他籠罩在我的陰影下。我很高興地看到他露出彆扭的表情。

「但你還是想知道真相，我說的沒錯吧？」

Q把眼前的書頁拿高，遮擋住我的視線，來個相應不理。過了好半晌，我才聽見他微弱的的嗓音。

「真相雖然很無聊。但追求真相的過程，很有趣啊。」他說。

房東拿了租約回來，看見我們兩個靠得這麼近，露出驚訝的表情。畢竟當時我幾乎是壓在Q身上的，我臉皮再厚，也有點不好意思，乖乖坐回我那頭的沙發上去。

房東給我們說明租屋期間的規矩、押租金的用途，還有東西壞了要怎麼辦等等的。我們兩個在租約上簽名、捺印，拿了繳租金的明細。

「我是男的這件事，應該讓妳鬆了口氣吧。」在蓋指印時，Q忽然壓低聲音對我說。我大感驚訝，抬頭見他唇角一抹笑容，倒是默契的意味大於調侃。我不知道他究竟是從哪裡看出端倪的，但這話確實讓我鬆了口氣。

「別擔心，說到鬆了口氣這點，我也是一樣的。」Q又補了一句。之後有好長一段時間，我都不明白他這句話的真意。

最後房東站起身來。

「從今以後你們就是室友了。要好好相處，好好保護這間Share House喔。」

我和Q對看了一眼，由我先伸出手來。「我叫A，以後請多多指教。」我笑著說。

Q看著我伸出的手，遲疑良久，終於也把手伸了出來。真是彆扭的小孩。

「請多多指教，以後，叫我Q就可以了。」

這就是我和我親愛的室友、Q的初次會面。

——Ending——

一分鐘教你人肉搜索

作者　吐維

總編輯　黃思蜜
內文編排　黃思蜜
書封設計　黃思蜜

出版　留守番工作室
地址　241新北市三重區忠孝路三段四十巷十八號三樓
電話　0960-605-411
電子信箱　rusuban.info@gmail.com

印刷　橋利印刷有限公司
初版　2016年12月
ISBN　978-986-91579-9-5 平裝
定價　350元
本書如有缺頁、破損，請寄回本公司更換
版權所有・翻印必究

國家圖書館出版品預行編目(CIP)資料

一分鐘教你人肉搜索 / 吐維作.
— 初版. — 新北市 : 留守番工作室, 2016.12
面；　公分
ISBN 978-986-91579-9-5(平裝)
857.63　　105020908